QUANDO O DIABO SE ESCONDE

Z. Basilio

Edição Digital 2013

Se sua decisão está em seguir o seu desejo, é melhor analisar primeiro antes do próximo passo, pois nem sempre o desejo do ser humano é o correto para o encontro da felicidade. Desejo que este livro não seja apenas mais uma leitura; quero que ele te leve a enxergar um pouco do oculto.

Palavra do autor:

Quando comecei a fazer este livro, minha intenção era narrar testemunhos, casos que já ouvi, vi, e coisas que ocorreram comigo. Mas as histórias se entrelaçaram e, sem nenhum esforço meu, foi nascendo o enredo. Quando notei, já tinha mesclado episódios, e assim vi que estava pronta uma obra autêntica do dia a dia de muitas pessoas; dor, alegria, tristeza, arrependimento e conquistas. Se tem alguma relação com alguém que você conhece, não foi minha intenção. Diante disso, quero que você considere esta obra uma literatura de ficção.

Tenho certeza que você ficará surpreso (a) se ler este livro até o final. Descobrirá também que a vida não é só o que vemos, existe o além. O mundo está cego e conturbado para este fato, alguns cientistas debatem com "o pé atrás", céticos. Todavia, alguns se mostram cada vez mais interessados neste tema, entretanto adentram com união de concepções religiosas diferentes. Alguns personagens desta obra caminham por aí. No entanto, a realidade e o empenho trazem à tona a verdade, desvendam mistério, desmascaram prova arquitetada e soltam da prisão aquele que pensa que não está preso.

Você merece mais...

Capítulo I

Lembranças

Depois de longos anos reencontrei o padre Danúbio. Admirei–me de sua barba, com muitos fios brancos, mas intocável no fazer. Sua barba sempre chamava a atenção pelo cuidado especial que tinha - lembro claramente. Ele olhou para mim como que me reconhecesse também. Entretanto, ao abrir o sinal da tensa Avenida Paulista, não tive tempo de lhe falar uma palavra. Eu tinha certeza que era ele, mas precisava de uma confirmação mais contundente, e esta, imagino, só surgiria se ouvisse sua voz, e para isso eu teria que alcançá-lo. Minha tentativa foi em vão. Seu carro na outra pista, na qual o engarrafamento se desfazia com maior agilidade, eu lutava para andar, mas a Avenida Paulista é assim mesmo, todos têm que andar com pressa; e ela, talvez por capricho, às vezes, só permite a alguns. Neste caso, a fila onde estava o padre andou primeiro. Vi que eu ia perder a oportunidade de rever o padre, queria conversar sobre Rancho Alegre de Mimoso do Sul, falar de suas ovelhas e dizer que eu já fiz parte do seu rebanho e, quem sabe, ter acesso ao seu diário."Isto é delírio". Mas sou obrigado a dizer: ele tinha um diário onde anotava algumas confissões. Claro, ele não tinha conhecimento de que eu sabia desde seu livro de anotações. Anos se passaram, eu jamais me esquecera daquele diário. Ali, com certeza, continha todo meu tempo de infância, informações duma época. Minha curiosidade em um diário sempre foi aguçada, de um padre seria um êxtase.

Na verdade, eu queria conversar com ele. Hoje sou homem crescido, até compreendo algumas de suas posições. Apesar de saber que aquele ensinamento sobre santo, imagens é uma grande mentira - ele estudou para ensinar essas coisas, coisa de uma religião - ,conversar com ele era meu objetivo. Todavia, aquele movimento de eu andar um pouco e ele andar bastante me deixava "louco", me aborrecia, o que fazer? Lá, já bem distante, eu ainda via seu carro parado no sinaleiro. Minha angústia se extrapolava sem nada poder fazer, tinha me tornado naquele momento um "caçador" e minha presa se distanciava a cada momento.

Mesmo com meu carro andando, não adiantava, ele levava sempre vantagem. Eu no centro da pista nada podia fazer, pela direita ou pela esquerda não conseguia, não havia outra opção, pouco me adiantaria ficar pensando em solução. Foi quando o instinto de caçador falou mais alto que o homem de terno e gravata da Avenida Paulista. Não existia estacionamento, abandonei o carro um pouco à esquerda e sai pela avenida a galope, em disparada, não imaginei o que estava causando no trânsito.Não importava, a cidade de São Paulo dá jeito para tudo e para todos, pelo meu desejo, ela também compreenderia. Claro que não pensei em nada disso, mas isto também é uma verdade, meu galope era notado por todos, alguém admirado, pensando que homem de terno e gravata também não rouba, gritou: – Ele corre atrás de algum ladrão? E lá vem ele atrás. Nem liguei, não podia parar, minha presa estava já próximo de mim, o padre Danúbio, que a muito eu não via. Já ofegante, continuei na corrida desesperado. Não deu. Quando abriu o sinal da Avenida Brigadeiro Luiz Antônio, lá foi ele. Desceu a Brigadeiro, o que pude fazer foi anotar a placa do seu carro e lamentar. Em meu consolo veio um cidadão que corria com interesse de me ajudar a tentar pegar o ladrão, ladrão esse que não existia. Engraçado foi o que ele disse: -"Cara, eu não conseguir ver o cara!" Tive que rir. Também não lhe disse nada, o cara que ele procurava não existia. Agradeci pela solidariedade, ele fez questão de me acompanhar, era um carioca morador em São Paulo há algum tempo, mas ainda não se acostumara com a rotina paulistana.

Quando me aproximei do meu carro, um guincho da CET (Companhia de Engenha ria de Tráfico) já encostava. Queria por todo custo levar meu carro, e aí saiu em minha defesa o carioca.

-Cara, o cara foi roubado e foi atrás do vagabundo. Pó, já levaram a grana dele e vo cês ainda querem levar o carro!Não vai levar não, né?

O trânsito naquele local era uma bagunça muito maior que a de costume. Fiquei qui eto, nada poderia falar; só olhava a minha defesa. Em certo momento, tive que ajudar meu defensor. Quase acreditei que realmente tivesse sido assaltado. Depois de muita conversa não levaram o meu carro, mas me deram uma multa que acabou me fazendo sentir roubado naquele momento.

Em São Paulo é assim mesmo. A prefeitura adora multa de transito, a ganância da arrecadação é tão extrapolada que se mostra muito maior que o mérito pela educação do próprio trânsito, se é que tem mérito, pois educação não tenho visto. Com isto não quero dizer que minha atitude naquele caso não era passiva de multa, mas lutei pelo perdão do sujeito carregado de autoridade.

Como nada mais poderia fazer, chamei o amigo para tomar um cafezinho na esquina. Ao narrar esta confusão toda, esqueci-me de dizer: o sujeito parecia que me conhecia há muito tempo, porém nem seu nome eu sabia. Descobri durante o café que se chamava Jairo. A coisa aconteceu tão espontaneamente que me senti conhecido dele igualmente.

-Jairo, meu nome é Roberto Campos.

- É filho do Deputado?

-Está falando do Senador? Não, sou o Roberto Campos Pereira. Meu nome foi em homenagem a ele, meu pai era economista e compartilhava das ideias dele.

- Sobre economia não entendo nada.

-O Roberto Campos era liberal, alguns o odiavam, achavam que era da direita, pertencente àquela direita que enfiava goela abaixo suas decisões; mas não, era um homem amável, discordava da esquerda e desta direita, das duas debochava, pregava o liberalismo na economia e dizia que o governo não sabia fazer economia e nem gerar eficiência nela.

Não podia mais esconder minha história do Jairo, estava ficando cada vez mais intimo dele. Acabei contando a ele o porquê de sair correndo e toda minha loucura em deixar o carro lá, de portas abertas, na avenida.

Demos muitas risadas, até ele cair em si.

-Cara, quase você me coloca numa fria.

Eu escutava e ria.

-Cara, você é muito louco. Nem parece um executivo!O que queria do Padre?

-Nada, só rever e lembrar o meu tempo de menino. Ele era muito durão, mas boa gente. Acho que lá na cidade onde eu era menino e ele o sacerdote, mandava mais que o prefeito. Ele fazia o que queria. As festas da cidade pareciam que eram dele, pois era ele quem dava as ordens de como os funcionários da prefeitura deveriam agir e outras coisas que tenho na lembrança. Hoje vejo que a cidade era regida por ele.

E foi aí que o Jairo me contou que estudou dois anos na escola de padre. Estava no caminhar do sacerdócio, mas não quis viver em castidade, achou que não ia suportar, preferiu ser sincero com sua natureza.

- Cara, aí... Não entendo como o padre resiste a uma boa "mina" no ouvido falando ali pertinho, se confessando, e ele escutando tudo calado. Só não fui padre por isso. Acho o maior barato, mas não dá. Quando estudava, enquanto acreditava que seria padre, já tinha mais de vinte anos. Lá no seminário, não tínhamos contato com o mundo.No início ficávamos um ano sem sair de lá, após um ano, só a cada seis meses cada um ia à sua casa. No meu caso, era aquela festa e não dava vontade de voltar. Amigos iam me visitar e amiguinhas também, minha irmã fazia questão de levar todas as suas amigas de escola para eu conhecer, algumas era para ver o futuro padre, gente que já estava na minha lembrança. Certa vez, eu não resisti aos olhares de Isabel, prima de segundo grau; seus olhos pareciam duas jabuticabas bem maduras, ela me olhava de um jeito que me arrepiava. Dei vazão aos meus pensamentos, vivi minha lua de mel, foi uma viagem inesquecível. Na mesma semana, ela voltou e me trouxe de presente um chaveiro gravado com seu nome. Estava com um vestido jeans com botão na frente até o joelho. Encontrávamos no quarto de minha irmã, ela sentou na minha frente e me deixava ver, de propósito, um pouco mais de suas pernas. Quando minha irmã foi atender a campainha, ela levantou, olhou nos meus olhos e disse: "Estou linda, não estou?" Aquilo me fez perder todo meu controle. Senti um arrepio, a abracei e nos beijamos ardentemente, era explosão na certa, pólvora e fósforo. Só voltei ao seminário para dizer adeus e pegar minhas coisas. Os padres quase me bateram, minha mãe se aborreceu, mas meu pai gostou. Ele achava que todo padre deveria ser castrado. No seu entender, uma bela mulher é irresistível para qualquer homem, mas principalmente aos solteiros, e o padre nunca deixa de ser homem. Além disso, ele entendia que todo padre tem alguém escondido.

Os argumentos de Jairo não faziam parte do meu modo de vida, mas o escutava res peitosamente, afinal, contava sua história; porém tive que defender o padre Danúbio, mesmo que timidamente.

-Jairo, você já viu padre com alguém?

-IEEE, cara! Você não vê na televisão?Aquilo é pouco, tem muito mais. Parece que alguns gostam de meninos, mas não é nada disso não. É que esses casos aparecem com mais frequência na mídia, principalmente na Americana; aqui no Brasil, eu não posso provar, mas também deve acontecer, é que a coisa é bem abafada. Entretanto, de vez em quando, a nossa mídia mostra igualmente algo similar acontecido por aqui. Na boca pequena de nossa família, parece que há um caso de amasiamento. O genro dela foi quem falou, ela é uma conhecida antiga de nossa família, dona Claudia, nunca tivemos com ela vinculo familiar, porém minha mãe sempre disse que ela é nossa prima distante, filha do tio Genaro, tio este que não conheci. Uma mulher bem financeiramente, bem de vida mesmo, bem cuidada, sempre teve boa vida; recebeu uma bolada grande depois que o marido morreu, dizem que ela mantém ou mantinha um relacionamento com o padre João. Ela dava a maior bandeira, após três meses de ter enterrado o marido, passou a frequentar a casa do padre numa assiduidade que levava as pessoas mais que desconfiança. Quando fazia algo especial sempre guardava para o padre; bolo passou a fazer sempre dois. O padre ficou tão falado na cidade que pediu transferência ou o transferiram.

Eu escutava sempre calado, tentando lembrar algo do padre Danúbio. Entretanto, não saía da minha cabeça o desejo de ver o diário novamente. No pouco que li, não vi nada de amor. Fiquei ainda mais aguçado pelo diário do padre depois que tentei buscar na minha memória algo como o Jairo falava. Ali eu descobriria tudo, mas achava que aquele padre não tinha esses desejos.

E ele continua:

- Depois que a filha casou-se, oito meses após o falecimento do pai, ela, dona Clau dia, se mudou. Uns diziam que estava envolvida com uma tal irmandade de uma diocese e viajava em socorro às comunidades carentes. O genro, quando tomou umas "pingas" a mais, soltou que ela morava em Copacabana, em plena Avenida Atlântica, e o padre João era seu hóspede; claro, quando não exercia seu santo ofício.

Eu resistia na defesa do meu padre.

-O padre Danúbio não, esse cumpre o celibatário. Conheci-o bem de perto.

-Não afirma isso, cara!É tudo carne, e se é carne há desejo e sofrimento.

Fiquei atormentado com aquele papo, nas lembranças que eu tinha do padre Danú bio não havia aquilo, ou tinha e eu fora enganado. Nesse caso, o enganado só seria eu? É melhor não pensar mais nisso, quero acreditar que o padre não era disso mesmo.

Fiquei amigo do Jairo, trocamos telefone. Mas não falei do diário, não mencionei nada.

Depois daquelas histórias contadas por pelo Jairo, fiquei mais ainda interessado no diário. Será que ali continha toda sua vida íntima ou só a de sacerdote com suas ovelhas? Encontrar era preciso, eu falava comigo. Mas por que eu queria saber? O que eu tinha com isto? Que bobagem!Eu queria era encontrar o padre, deixar esse negócio de diário, coisa de minha infância que ficou muito forte na minha lembrança. Entrei no carro, logo liguei o rádio para saber as notícias. Lembro que quem trafega em São Paulo tem que ficar sempre ligado nas rádios que transmitem notícias. A cada momento acontece algo diferente nesta Metrópole e, neste caso como em muito outros, contamos com o rádio. Em São Paulo tem sempre uma rádio dessas nos informando como chegar mais rápido; foi ligado numa delas que eu não demorei a chegar à minha casa.

Depois dos abraços e beijos da família, Lúcia me contou das travessuras das crian ças, rimos juntos. A Luciane se apossou do meu colo e brincamos com o Rodolfo. Não demoraram muito e já estavam entretidos com outras coisas, rápido foram brincar com as coisas deles, deixando-me a sós com a mãe.

- Lúcia, eu vi o padre Danúbio hoje na Avenida paulista.

-Quem é padre Danúbio?

Aí me dei conta, como ela se lembraria de alguém que talvez eu tenha falado uma ou duas vezes ainda antes de casarmos? Expliquei para ela, falei até sobre o diário.

-Roberto, é coisa de criança!Deu saudade?

-Não ria, Lúcia... Eu quero encontrá-lo, anotei até a placa do carro dele. O padre foi importante quando eu era criança. Ele era um padre jovem, mas durão. Você sabia que ele tomava café todo dia de manhã na casa de alguém da cidade? Ele escolhia diferentes ruas de um bairro, fazia uma relação com os números das casas, nem sabia quem morava lá. Em um mês determinado, todo sábado à noite, ia colocando no quadro logo na entrada da igreja os nomes das ruas e os números das casas que ia visitar na semana. Chegava às sete horas, não avisava, a relação ficava ao lado direito, logo ao entrar na igreja.

- Nossa, que original!Mas também rigoroso. E as pessoas que não iam à igreja, co mo sabiam com antecedência?

-Essas levavam um susto e uma bronca. Ele nunca ia sem estar de batina; era o jeito de chegar bem conhecido. Uma vez tive acesso ao seu diário, li pouco por medo, ele estava por perto e poderia chegar, nunca esqueci.

-Sabe que pode contar comigo, mas acho que você quer mesmo é ver novamente o diário do padre, não é? Que curiosidade, Roberto!Você é assim desde menino?

-Acho que sim... ah! Não ria...

Foi uma noite de sono tranquilo. Acordei mais cedo que de costume, nunca me senti tão bem como naquela manhã. Perguntava-me por onde começar a procurar o endereço do carro. Um despachante? Não tinha contato com nenhum, Lúcia era quem cuidava dessas coisas de documento dos carros, mas queria deixá-la fora disso. O melhor era ligar para o Jairo.

Levei as crianças para a escola e fui para o trabalho, perguntava-me o que fazer? Deram onze horas, não me contive.

-Alô, é o Jairo? Tudo bem? Desculpa já estar lhe ligando. Você tem um despachante para tentar localizar o carro?

- Responda rápido, você quer o carro ou o padre? Demorou em responder... Acho que você está em dúvida... Liga não, é só uma brincadeirinha, me passa o número, vou tentar.

Era este o meu medo, ter que dar o número para ele.

-Jairo, não quero lhe dar trabalho. Deixa que eu falo com o homem.

-Vocês paulistas são assim mesmo, qualquer coisa é trabalho. Para dessas bobagens, vai! Como o cara vai lhe fazer algum favor se ele nem te conhece?

-Realmente eu não tinha pensado nisso. Tá bom, veja lá hem!

-Vou encontrar o homem para você. Desculpa, mas estou rindo...

-De quê você rir?

-É muito gozado sair em um lugar como São Paulo à procura de um padre que veio, veio... de onde mesmo?

- Rancho Alegre de Mimoso. É bem longe daqui, fica próximo do Espírito Santo. Passei por lá há pouco tempo, lá o tempo não passa. Só o rio, o rio que eu tomava banho, acabaram de vez com ele, virou um córrego.

-Pô meu, já faz tempo que estão acabando com tudo, lá e em qualquer lugar. Nós é que temos que gritar, senão nossas crianças não verão a vida como nós. Olha, vou me empenhar em lhe ajudar, ok?

Foi um alívio ele não querer saber de mais detalhes. Comecei a ficar mais tranquilo. O dia passou demoradamente. Fiquei na espera do endereço do carro o dia todo. Não quis ligar para meu amigo, preferi me segurar. Apesar de estar desejoso de ligar novamente, não deveria ficar no pé dele, afinal, era um favor que estava me fazendo. Saí antes do horário que normalmente saio do trabalho e fiquei de plantão na Avenida Paulista, caminhei em direção à Avenida Brigadeiro Luis Antônio. Lembrei que não podia demorar, pois a Lúcia tinha me ligado antes do almoço me avisando que era aniversário da sogra e eu não poderia faltar, ela exigia minha presença junto dela nas festinhas de sua família. Minha sogra é igual a de todo mundo, a gente fala mal, mas não devia, ela apenas tem cuidado especial com suas crias.

Quando cheguei em casa, a família já estava toda pronta, deram-me uma leve bronca, mas me deixaram tomar um banho rápido. Não demoramos a chegar e também não fomos os últimos. Minha mulher é assim mesmo, acha que está sempre atrasada. Quem nos recebeu foi o cunhado mais chato, todo mundo tem um cunhado mais chato, sim, porque a maioria dos cunhados são chatos. Pode haver exceções, mas entre os meus não havia; e foi justamente ele, o mais chato, que me deu uma ideia sem eu pedir. No sofá, todos sentados, no meio daquele papo rotineiro, ele propagava que estava fazendo um curso de detetive particular. Perguntei se tinha abandonado a faculdade, - ele fazia o segundo ano de direito:

- Não, estou desempregado. Resolvi entrar nesse curso. Como faço faculdade à noite, não vai me atrapalhar.

-Muito bom, aprenda tudo que puder e não se esqueça de estudar uma língua estrangeira também, você tem que aproveitar agora.

Foi daí que me veio uma ideia, a ideia de tentar arranjar um desses bisbilhoteiros. Minha cabeça viajava em alta velocidade até que dona Isaura, minha sogra, trouxe-me um pedaço de bolo, brinquei com ela.

-Sogra, quer me engordar?

-Não... Roberto, é que eu trato bem meus genros, apesar de genros não gostarem de sogra. Você é uma exceção?

A Lúcia entrou na conversa.

-Tá vendo!... E ele ainda se esquiva quando o chamo para vir aqui. Hoje me fez chegar atrasada... Bobo.
-Marido é assim mesmo, minha filha... Não liga não.

Tive que rir da carinha da mãe e da filha, as duas reclamando de mim, sei que era tudo brincadeira, mas fiquei com dó, dei um beijinho na sogra e abracei a filha. Parecia que estava de consciência pesada.

Capítulo II

Abrindo a porta

No dia seguinte, bem cedo, tentei falar com Jairo. Recebi a notícia de que ele não fora trabalhar. Fiquei perdido, era a única pessoa que eu poderia trocar informação, e queria saber como andava o meu pedido, conseguira ou não descobrir o endereço do veículo? Estava no trabalho sem trabalhar, minha secretária notou que algo estava diferente. Ela já trabalhava comigo há algum tempo, mas nunca teve muita intimidade; eu sempre fui e sou muito reservado e isso a deixava constrangida de perguntar algo sobre mim. Ela juntou alguns documentos, acredito que cumpriu os procedimentos de uma secretária, e adentrou na minha sala, no caminhar dos despachos, ela não resistiu:

-Doutor Roberto, não quero ser enxerida, mas noto que o senhor esta semana não ES tá trabalhando como de costume. Sinto que está com algum problema, posso ajudá-lo?
-Dá para notar é...?
-Sim, doutor.
-Você me conhece há tempo; sabe que sou bem discreto, não gosto de trazer pro blema particular para a empresa.
-O doutor sabe que pode contar comigo.

-Sei sim, mas não quero misturar as coisas. Entretanto, diante de sua observação, vê
jo que estar difícil para esconder minha ansiedade... É que conheci um rapaz este mês, excelente pessoa, estou ansioso, aguardo um telefonema dele e até agora nada, dei meu número direto e meu celular.

-Doutor...! "Escutei pasma, calada, jamais imaginária isto do meu chefe. Via-o co
mo um homem exemplar, daqueles raros, nunca o vira em paquera, apesar de já ter visto
mulheres olhando e conversando com ele com aquela discreta insinuação feminina. Ele
via, sentia, mas não ia adiante. Jamais alguém comentou algo dele nesse sentido, pelo contrário... Acho que estou pensando bobagem, ou será este o porquê dele agir assim com as
mulheres? Nunca o vi dar esperança para alguma, nem mesmo por alguns momentos. Que
coisa estranha!" - Qual o nome dele, doutor?

-Jairo. É do Rio, mas mora em São Paulo há algum tempo, conhece pouco desta ci
dade e de seus costumes.

-Tá bom, doutor. Se ele ligar, eu lhe falo imediatamente. Vou dar andamento nestes
documentos.

- Ok.Vai, Laura, obrigado.

Já era próximo de quatorze horas e o Jairo nem me telefonou, acho que eu mesmo
vou atrás disso. Preciso saber qual a agência que meu cunhado estuda, acredito que ele me
indique alguém para o meu caso. Espero não aguçar a sua curiosidade e que ele mantenha
em segredo. Tenho que arranjar uma fórmula de chegar até ele e fazê-lo querer sem eu o-
ferecer, induzi-lo a querer mostrar serviço. Sei como é estudante dessas coisas, tem necessidade de dizer que sabe.

Passei em uma loja e comprei uma calça. Chegando em casa, mostrei à minha um
lher. Ela riu de mim dizendo que eu tinha uma muito parecida, achou mais estranho quando foi procurar a camisa, eu não tinha comprado, era costume meu comprar camisa e calça
juntas. Tive que arranjar uma desculpa, disse que tinha gostado muito da calça e era para
ela comprar uma camisa para fazer o par. Eu queria mesmo era ir à casa da sogra, e ali estava um bom motivo, era ela quem fazia a bainha das minhas calças.

-Lúcia, vamos à casa de sua mãe. Levaremos a calça para ela fazer a bainha.

-Tem que ser hoje? Deixa para o final de semana.

Aquilo foi como uma ducha gelada, rejeitar um convite para ir à casa da mãe? Logo lá, local que tanto gostava de ir? Não aceitei, insisti.

-Querida, vamos hoje sim. Você sabe que não gosto de deixar para depois, quero ver minha sogra também.

Rimos juntos...

-Como você está sendo fingido. Ver minha mãe ou usar os préstimos dela?
-As duas coisas querida... Depois vamos à pizzaria... Beijinhos, vamos...
-Você não é fácil. Vamos... Crianças, vamos à casa da vovó.

Chegamos um pouco mais das dezenove horas. As crianças saíram ao encontro da avó em disparada. Eu tive sorte, meu cunhado ainda estava em casa; tinha que me controlar, ser discreto. Antes, abracei minha sogra, afinal tinha que ser convincente, estava ali por ela, mesmo tendo um outro objetivo. Minha mulher foi logo me entregando para sogra e falou da tal calça. Eu ria e argumentava em minha defesa dizendo que também queria vê-la e tomar um cafezinho dela, o melhor café de São Paulo. Ela fingiu que acreditou, e minha mulher me perguntou onde eu tinha colocado a calça. Fui ao carro buscá-la. Mas no carro não encontrei. Achei que estivesse na bolsa da Lúcia.

-Lúcia, não está no carro. Será que não está na bolsa?
-Não, vamos lá no carro procurar novamente.

Fomos juntos e procuramos até no bagageiro (porta-malas), e nada. Descobrimos que não trouxemos a calça, voltamos rindo... Minha sogra nos trouxe o café e eu completei.

-Eu queria mesmo era tomar seu café, minha sogra.

Ganhei um agradecimento da sogra e um leve beliscão de minha mulher. Introdução concluída com sucesso.

Não fui ali pela sogra e seu café e nem pela bainha da calça, não era nada dessas coisas.

Esconder algo da esposa é um erro comum no dia a dia dos homens. Na minha mente havia esta cobrança, não é correto haver segredo entre marido e mulher, eu não aceitava aquilo, mas assim estava vivendo.

Saí discretamente ao encontro do meu cunhado que ligava o computador neste momento. Dei muitas voltas até perguntar como estava na faculdade, não falei sobre o curso que fazia durante o dia. Disse-me que só teria as duas últimas aulas na faculdade e acabou ele mesmo me falando sobre o que eu queria saber. Comentando sobre seu curso de detetive particular, senti que estava mais empolgado com o curso que com a faculdade; foi a deixa para eu avançar e tentar o que queria.

-Jurandir, você já está praticando o que aprendeu?

-Sim, é meu primeiro caso. Estou fazendo junto com um dos meus instrutores.

- É caso de traição? Marido seguindo mulher ou mulher seguindo marido?

- Não, é um pai, sujeito muito rico, industrial, contratou-nos para descobrir tudo sobre o namorado da filha, medo do "golpe do baú". Está desconfiado do rapaz, morador em São José dos Campos, diz ser filho de uma família tradicional da cidade. O homem quer uma ficha completa, até dos pais.

- Quanto deve custar um negócio deste?

- Não sei, mas não é barato não. O custo total deste caso deve beirar a uns trinta mil. Mas lá o trabalho é muito sério, toda semana emitimos relatório detalhado para o cliente.

-Muito caro, você não acha?

-Talvez, depende do querer e da posse do cliente. Um caso deste, por exemplo, é especial; mas um caso de traição, dessas coisas mais comuns é mais em conta.

- Tenho um amigo que quer descobrir tudo da vida de um padre, onde mora, se desempenha ainda o ministério e qual a mulher que anda com ele. Sugeri a ele que procure uma agência desta, você acha que funciona mesmo?

- Nossa, que estranho! Claro que funciona. Deve haver também os picaretas, mas lá onde estou a coisa é séria. É estranho querer saber essas coisas de um padre.

- Ou talvez ex, não comente com sua irmã, ela também o conhece, mas não sabe do interesse deste meu amigo.

- Uma das coisas que a gente aprende é ser discreto; guardar segredo, bom senso e cautela são uns dos nossos lemas, não podemos deixar casos virar notícia.

- Quero ver. Este será seu primeiro teste, não comente isto com nossa família.

- Fique tranquilo.

- Vou mandar o meu amigo lhe procurar. Fala lá para cobrar um preço mais em co
ta, ele não é pessoa abonada.

Meu projeto naquela noite já estava concluído. Era oito e vinte, chamei a Lúcia para
irmos embora. No caminho, ela me lembrou que prometera irmos à pizzaria, foi o que fizemos.

No dia seguinte, a caminho do trabalho, eu só pensava no Jairo. Cheguei ao escrito
rio na certeza de encontrar um sinal dele, e estava lá. Foi a primeira coisa que minha secretária me disse:

-Doutor Roberto, o rapaz ligou. Disse que lhe ligará depois das dez.

-Que bom, pensei que tinha se esquecido de mim.

-Sua reunião será às dez. "Este mundo está virado mesmo, como pode? Logo o
doutor Roberto, parecia levar uma vida tão ajustada, um senhor de família exemplar..."

Ás dez e quarenta cinco o Jairo me ligou:

- Roberto, descobri onde fica o endereço do carro. Aproveitei e fui atrás de um dete
tive particular para dar andamento ao caso. Cara, por que você está rindo?

-Depois lhe falo. Vamos almoçar juntos, espero você às treze horas.

-Combinado.

-Laura, não marca nada para mim depois das doze e trinta, vou almoçar com o Jairo.

Minha ansiedade parecia que fazia o tempo passar devagar. Mas enfim, às treze ho
ras em ponto, Laura me diz que o meu convidado tinha chegado.

-Dr. Roberto, o Jairo já chegou!

A caminho do restaurante fui escutando o Jairo. Fiquei em silêncio, estava vivendo
fora do meu normal, meus valores estavam ficando de lado; isto me incomodava, mas meu
interesse pelo padre e o amigo que ganhara supria a angústia. No caminho, ele ia contando
sobre seu encontro com o detetive:

-Roberto, liguei para o cara às quinze horas, marcou no mesmo dia o nosso encon tro, mas não pude ir, pois meu casamento não anda nada bem, está por um fio. Minha esposa esteve passando uns dias aqui em São Paulo, tive que chegar mais cedo. Nós moramos no Rio, lá foi feriado. Vá escutando. Diante desse fato, marquei com ele às oito da manhã do dia seguinte. Minha mulher achou estranho eu sair naquela hora, a convenci que ia tratar de um assunto importante fora da empresa e que voltaria antes das duas para irmos a algum lugar. Fui direto conversar com Manolo, o detetive particular, seu endereço fica na Avenida São João. Foi ele o causador da separação do meu gerente. Documentou tudo e entregou o Luciano de bandeja para dona Ester. No dia que Luciano me falou do serviço realizado pelo tal detetive, fiquei muito brabo com o tal cidadão. Cheguei a propor ao amigo uma ação contra o elemento por invasão de privacidade. Mas, veja como são as coisas, lembrei do cara, vi nele uma chance de atingir nosso objetivo. Cheguei lá às oito e quarenta, o cara já me esperava. É um sujeito sem "papa" na língua:

-Detetive Manolo, eu sou o Jairo, vim aqui recomendado pela dona Ester.

- Dona Ester... Ah, sim! Dona Ester... Foi um caso recente. Ela ficou duplamente decepcionada com o marido. Foi confirmada sua suspeita, ele tinha uma amante, o detalhe, era um travestir.

Assustei-me com tal informação, Roberto, mas me mantive calado, pensava no Luciano. Ele não me falou assim, dissera que sua mulher tivera toda informação documentada do caso que ele mantém a mais de um ano. Lógico que imaginei ser uma mulher "agora esta de travestir"... Cara... Ele não me contou. Tive que rir discretamente. E o detetive continuou falando, Roberto:

- É senhor Jairo, foi um caso intrigante. Minha equipe descobriu tudo e levava o Caso como se fosse uma mulher, coisa até normal para nós. O relatório final estava praticamente pronto para ser entregue e fazermos o acerto derradeiro. Tive muita sorte, quis o destino que eu descobrisse tudo, acho mesmo que é coisa do instinto de detetive. Vou lhe contar: Fui ao banco, esperava meu gerente terminar de atender uma mulher quando ela se levantou para sair. Notei que era a própria, a amante, eu nunca tinha a visto tão próximo. Sabe como é, fazemos o serviço a certa distância, mas em nossa função sempre tem um "mas". Notei o pé dela grande demais, tentei olhar sua mão discretamente, linda mão de tão cuidada, porém achei também um pouco grande; no entanto, não me ative nesses detalhes e sim no seu encanto, realmente um charme de mulher. Ao sentar-me na frente do gerente, ele notou que eu estava de olho na mulher que acabara de sair de sua mesa. Temos um pouco de intimidade, e ele não deixou por menos, rindo disse: - Gostou dela, não é? -claro Durval, uma beleza daquela, quem não gosta? -Olha o nome dela aqui, veja este contrato que acabou de assinar. Estava lá escrito Gil F Coutinho Junior. Rimos muito e ele soltou mais uma de suas frases: -Cuidado Manolo, nem tudo que se vê é o que se olha. O diabo é o enganador deste mundo, o fascínio às vezes nos leva ao seu mundo, a perdição do homem é sua meta.

- Roberto, vi naquele detetive um falador e nada discreto com suas informações. A primeira vez que me via e já me contara tudo; não tinha discrição com suas informações, já pensava em me levantar e ir embora quando ele comentou mais um pouco.

-A dona Ester já lhe tinha contado, não é Sr. Jairo? Ela viu que mostramos toda a verdade, até o número da conta bancaria da suspeita mulher mostramos. Ela não acreditou quando viu que não se tratava de uma mulher como parecia. Deve ter comentado com você também, não é? Somos discretos, trabalhamos corretamente e não fazemos propaganda. Nossos clientes geralmente vêm por indicação.

-Ele pensava que a Ester tinha me falado alguma coisa a respeito. Ela na verdade nem me conhecia, me viu rapidamente uma ou duas vezes em alguma recepção da empresa, nada mais que isto. No fundo, fui um pouco culpado. Falei para o detetive que ela tinha o indicado para meu caso, acabei achando que o induzi a me contar tudo. Todavia ele se comportara errado, não tinha que me dizer nada. O interrompi para falar do seu, aliás, do nosso caso, disse para ele:

-Detetive Manolo, o meu caso é mais fácil, vim aqui porque quero que você descu bra tudo da vida de um padre. Ele anda em um carro com placa de Santos em nome de Elizabete.

-Como mais fácil?! Um padre, um carro com placa de Santos e uma mulher, é a sua?

-Não.

- Muito complicado. Qual detalhe você quer?

- O que faz, se ainda está no Sacerdócio e se mora com a tal mulher.

-É serviço grande, fora da capital, tem viagens. O senhor quer saber o valor, não é?

É a primeira coisa que, geralmente, a pessoa quer descobrir. A maioria pensa que é moleza; usamos mais que dois carros, até quatro, em diligências. Não posso lhe confirmar este valor de imediato, penso que uns trinta mil, pode ser um pouco mais, vai depender das viajeis até Santos e região fica incluso; fora deste trecho, o cliente paga, todas as despesas são apresentadas com nota fiscal.

-É muito caro, desisto. Estou fazendo isto para um amigo, mas não dá.

-Quanto o senhor acha que custaria um trabalho deste?

-Sei lá, trinta é muito.

-Quando fiz menção de ir embora, Roberto, ele continuou falando, parecia uma "maritaca"

-Então diga quanto?

-Não vou atrever, estou indo.

-Para aí senhor Jairo, diga o valor que o senhor pode pagar.

-Tenho que falar com o amigo.

Saí imediatamente Roberto, pensei em telefonar para você, mas liguei mesmo foi na empresa onde trabalho. Foi aí que notei, você já tinha me ligado umas três vezes. Como não estava muito longe, acabei indo à empresa. Quando você não tiver com vontade de ir trabalhar, nunca ligue para o seu emprego, principalmente se ocupa cargo de confiança, certamente vão lhe mostrar problemas que só você pode resolvê-los. Chegando à empresa liguei para você, passaram-me para eu falar com uma tal Laura, essa moça gosta de cortar, fez de tudo para eu não falar com você cara, veja o que falei:

- Oi... Quero falar com Roberto

- Ele não está.

- Fala que o Jairo ligou, voltarei a ligar depois das dez.
Retornei novamente:

- Oi Laura, sou eu novamente, onde anda o Roberto?Hoje não posso deixar de fa lar *com ele, preciso vê-lo, tenho que trocar uma ideia com ele.*

A moça parece que não gostou e disse com voz braba:

- Ele não pode ser interrompido, está numa reunião discutindo algo urgente e não pode ser interrompido.

Não sei o que ela pensou de mim... Mas ela ficou em silencio. No entanto, sei que queria me falar algo, no seu pensamento passava algo de mim, só não tinha coragem de falar.

(- "Que nojo, tenho vontade de falar umas boas para este tal de Jairo, que raiva ES tá me dando deste sujeito, mas tenho que suportar, se fosse uma mulher, uma aventura, tudo bem, mas com homem!")

Após seu silencio, ela respondeu:

- Estou lhe ouvindo, Sr. Jairo.

Não quis também saber o que pensava de mim. Pedi para ela mandar você me tele fonar e desliguei... Que secretária chata você tem, cara... Ela o protege demais, parece até que tem um caso com você.

-Nada disso, Jairo. Ela cumpriu sua função. Temos que parar de achar que secretária sempre está interessada no chefe, isto é absurdo, todas que conheço são pessoas sérias, longe disso.

- Tá bom Roberto. Vou fazê-la gostar de mim, não vai poder reclamar, ok? Bom, deixa isto para depois. Eu estava ansioso, queria logo lhe falar que o tal padre é morador da cidade de Santos, descobri onde fica o endereço do carro, e queria também lhe dizer que fui atrás deste tal detetive. Cara, por que você está rindo?

-Nós já estamos terminando de almoçar e agora é que você está falando do endereço do padre. É isto que mais quero saber... Você é uma "figura" Jairo. Esse detetive é muito caro.

- Concordo Roberto, vamos atrás do seu cunhado então. Talvez consigamos um pré ço mais razoável.

- Sem querer lhe incomodar, que tal você tentar falar com ele?

- Cara, deixa comigo.

- Então estamos combinado. Meu amigo, tenho que ir, já paguei a conta. Conto com você, fechado? Seu carro ficou na clínica?

-Sim, mas não se preocupe, tenho algo para fazer aqui perto, quando for embora AL guém me leva lá para pegá-lo.

Fui para o trabalho pensando no Jairo; afinal, um sujeito que conheci a menos de um mês se mostrava ser tão meu amigo, que coisa estranha. Sou desconfiado mesmo. Outra coisa que não me deixava bem era eu estar escondendo da minha mulher. Não era correto, um ser quando se casa tem que ter nesta união cumplicidade, a vida tem que ser compartilhada, não pode haver segredo, afinal é uma vida para sempre, ou isto é apenas uma promessa na hora do casamento? Dizem que o homem tem mais facilidade de ser desonesto com seu cônjuge que a mulher. Não sei por que, mas a história mostra isto. Eu não quero fazer parte dessa estatística, por isso, neste final de semana pretendo falar tudo para minha mulher. Ando escondendo, mas tenho andado pensativo e preocupado, não queria trazer aborrecimento para meu lar. No entanto, tenho que contar. Eu, como um homem Cristão temente a Deus, não posso continuar assim. Sem notar, cheguei ao trabalho.

- Oi Laura, tudo certo por aqui?

- Tudo certo, sua mulher ligou. Disse que não conseguiu falar no celular, estava preocupada. Sempre antes do almoço o senhor liga para ela. Não pude fazer nada.

- É mesmo, me esqueci. Fui almoçar com o Jairo e acabei esquecendo.

- Não falei nada para ela. "Tenho medo de imaginar o final dessa história"

-Obrigado Laura, parece que sempre você fica pensativa antes de me dizer que o assunto é o Jairo.

Antes das dezoito horas já me encontrava em casa. Minha mulher nem acreditou, achou que eu não estava passando bem. Estava tudo bem fisicamente, mas espiritualmente não, aquela minha atitude de mentira me sufocava, deixava-me perdido. Mentira é coisa do capeta e eu não aceito ensinamento dessa origem para minha vida.

- Oi Lúcia, onde estão as crianças? Oi turma... Danadinhos... Estavam escondidos do papai... Queriam me assustar? Sua mãe sabia? Ah! Ela está rindo, sabia sim...

- Eles viram o carro chegar e se esconderam, a ideia foi deles. Não é normal vê-lo tão cedo assim em casa, está havendo alguma coisa?

- Não, claro que não. Estava mesmo era cansado, o dia foi pesado.

A alegria de chegar em casa já me descansava. Há algum tempo atrás descobri que não é o fato de estar no lugar onde moramos que nos traz aconchego; o verdadeiro conforto só acontece quando estamos no lar. Ninguém que mora só tem o exato sentimento do que falo. O clima que envolve um lar é diferente do clima de um local onde apenas se mora. Um lar tem que ter família. Verdadeiramente, a família é o projeto mais lindo da criação, os defeitos e as virtudes ficam amostra, mas também há compreensão e ajuda. Deus quando fez o ser humano pensou em tudo. O homem tem naturalmente na mulher sua ajudadora, pois ele sem ela realmente falta uma parte no corpo. É uma pena que poucos conseguem descobrir isto.

Logo após de tomar um grande banho, sim, demorei uns quarenta minutos, o jantar já estava pronto para ser servido. Minha mulher ordenou que a Luciane fizesse a oração de agradecimento. -Ensinar os filhos esses princípios é de suma importância para o futuro deles e para o nosso do mesmo modo, pois somos muito beneficiados com isto. Qualquer coisa que se fizer para honrar a Deus o beneficiado será quem assim proceder.

A hora passou rápido, nem percebemos, já estava próximo de vinte duas horas. As crianças já estavam prontas para dormir e não demorou para isto acontecer. Eu fui com Rodolfo para o quarto. Toda noite antes de dormir igualmente quando comemos ensinamos as crianças a agradecer pelo dia e pela noite. -Ensinar as crianças a agradecer a Deus o dia que passou e a noite que chegou para o descanso é muito bom, criança assim cresce no temor do Senhor.

Quando voltei, Lúcia já me esperava na sala; a Luciane também já tinha se entregado ao sono.

Capítulo III

Conflito trivial

Acordei cansado, nem parece que dormi. Acho que vou ligar para o Samuel ficar no meu lugar na escola dominical, mesmo porque, eu não estudei a lição, não me preparei para dar aula alguma. Sei que o pessoal vai achar estranho, eu nunca fiz isso. Bom, também tem que me darem um desconto.

- Lúcia, neste domingo eu não vou à igreja pela manhã, irei à noite, se você quiser ir pela manhã tudo bem.

- Como assim? Você tem compromisso, esqueceu?

- Vou ligar para o Samuel me substituir

- Ontem foi casamento da irmã dele na cidade de Volta Redonda, não deve estar em casa, mesmo porque isto não é coisa que se faça, o compromisso foi entregue a você.

- Que coisa, eu não posso faltar?

- Claro que não deve, principalmente aos domingos. Foi você quem me ensinou isto, lembra?

-Tá bom, não era o que eu queria. As crianças já estão prontas? ... Vou me arrumar

Não estava disposto a ir, mas realmente seria muito feio eu não cumprir meu compromisso. Peguei as revistas da escola, dei uma olhada rápido, não tive muita dificuldade, era um assunto que eu dominava relativamente bem. Também pudera, milito no evangelho desde criança. Nesta igreja eu nasci, casei e vi muitos dos meus amigos também se casarem.

- Lúcia, já estou pronto. A Nilza não vai com a gente?

- Ela não vem aos domingos, esqueceu?

A Nilza trabalha na nossa casa há mais de dez anos. Dois anos depois de casados ela veio trabalhar e ficou, minha mulher deposita nela total confiança. Ela é daquela cristã que está sempre sendo chamada para socorrer alguém, não inventa, fala a verdade, mas não ofende, é difícil não gostar desta mulher. Frequenta uma igreja diferente da nossa, mas isto não quer dizer nada, cada um deve congregar onde se sente melhor; claro, deste que realmente se pregue a verdade de Cristo sem maquiagem. Quando convidamos a Nilza e ela não tem compromisso lá onde congrega, ela vai conosco normalmente, porém nós nunca fomos à igreja dela.

Chegamos cinco minutos antes do início, deu tempo para falar com todos, inclusive com minha sogra e o Marcelo, seu filho mais novo. Ao ver o Marcelo tive vontade de perguntar se alguém que mandei procurá-lo tinha ido à sua agência. Entretanto, preferi ficar na minha; era domingo e eu não queria pensar neste assunto.

- Oi Marcelo, tudo bem?

- Tudo bem, e seu amigo?

- Acho que vai bem também, não o vejo já faz um bom tempo.

Se eu não me segurasse daria prosseguimento, sei que ele perguntara do Jairo.

Ainda estava neste pensamento quando se aproximam de mim dona Alzira e o Luiz Gustavo.

- Olá Dr. Roberto, não o encontrei esta semana na igreja.Nós queremos convidá-lo para pregar no culto que vamos fazer lá em casa na próxima quinta feira. Como o senhor nunca diz não, já confirmei sua presença, tá bom?

- Esta sua mulher não tem jeito, Gustavo... Sim, podem contar comigo, chamem também o Mario e a Ruth para cuidar da música. É culto de ação de graça ou evangelização?

- Você não está velho ainda, todo ano nós fazemos, esqueceu, é o aniversário do nosso casamento!

- Verdade, já faz muito tempo que vou neste aniversário, e vocês já me transformaram em pregador oficial desta data, podem contar comigo.

É um casal maravilhoso, está sempre envolvido com os trabalhos da igreja. Opa! O pastor vem em minha direção.

- Bom dia, Pastor Carlos.

- Bom dia, Roberto. Esqueceu da nossa reunião terça-feira?

- Não pude vir, mas tínhamos falado que não faríamos mudança, não foi? Mas pode contar comigo.

- Eu sei disso, conto sempre com você, mas gostamos que todos participem. Você tem que ser o exemplo, meu irmão.

Esta reunião que faltei é um reunião de planejamento de ajuda ao próximo. Nossa igreja faz muitas obras sociais. Todo mês fazemos avaliação do que fizemos com toda equipe de campo, eu sou vice-presidente deste departamento e acumulo a função de coordenador das equipes.

Saímos da igreja era doze e trinta, minha sogra nos aguardava no portão. O Marcelo tinha ido a um churrasco na casa de um amigo.

- Sogra, a senhora ainda está aqui? O almoço hoje vai sair tarde.

- Que nada, já está bem adiantado. Ana já deve ter chegado, deixei recado para ela picar os legumes.

- Mamãe, não entra nessa do Roberto. Ele está só querendo "pegar" no seu pé.

E era mesmo. Fazer isto de minha parte era normal com a sogra, porém só fazia isto perto da Lúcia. Neste caso, eu mexia com as duas, entretanto meu alvo era a sogra. Será isto mania de genro?

A casa da sogra no final de semana é reunião na certa. Só faltava quem fazia rodízio, pois mais duas sogras existiam em redor da família. A Ana e o Godofredo eram irmãos casados, dificilmente se encontravam juntos aos domingos na casa da mãe; neste domingo os dois estavam lá.

Na sala, vejo os irmãos reunidos. Lúcia vai ao encontro da Ana, elas se dão muito bem, logo lhe faz um elogio.

- Ana, que blusa linda!

Paulo, marido da Ana, estava por perto e interferiu dizendo que ele não tinha gostado, achava feia.

- Não liga não, eles são todos iguais, nem sempre falam a verdade, não é assim mesmo Paulo? Respondeu Lúcia.

De longe, eu conversava com o Godofredo e observava as duas mais o Paulo. Ele dá um sorriso disfarçado, por certo não gostara do que Lúcia falara. Na verdade, ele era um pouco azedo, e mesmo assim, diz que trabalhou como palhaço na época de faculdade. Conta ele que animava festa de aniversário infantil juntamente com mais um amigo, tento acreditar.

- Godofredo, quem é o pastor da igreja de vocês?

- É o Cláudio, o mesmo do ano passado, mas irá para outra cidade, ainda não sei qual. Na verdade, ele quer ir para o estado do Paraná.

- Ele me disse que não gostava de São Paulo, estava com muita vontade de ir para outro lugar. Isto ele me falou já faz algum tempo; na época lhe disse que no ministério não é a gente que escolhe o lugar de ficar. Não sei se ele gostou, mas tive que falar - como pode alguém ser chamado para o ministério e escolher o local para exercê-lo. Não, quem foi chamado não tem o direito de escolha.

- Ele realmente não gosta daqui, a esposa dele também não. Neste caso, é melhor trocarem de ar. Você vai ao congresso dos Gideões?

- Eu não sei, mas estou querendo ir, você vai?

- Quero muito ir, vai depender do Banco. Tentarei uns dez dias de férias, porém não vai ser fácil conseguir, meu diretor mudou recentemente. Depois da fusão dos dois Bancos, muita gente foi trocada de setor e muitos foram mandados embora.

- Banco quando se une a outro Banco com certeza vai cortar cabeça, difícil mesmo é isto não acontecer. Mas se você é fiel a Deus, com certeza estará guardado, pode acreditar.

Ouço um chamado, é Lúcia reunindo toda gente para o almoço. Sua mãe já estava brava, pois já havia chamado e poucos estavam à mesa; eu confesso que não escutei e estou certo que o Godofredo também. Aos domingos lá é assim, enquanto todos não estiverem no seu lugar à mesa, ninguém toca na comida.

- Sogra, como conseguiu assar este pernil em tão pouco tempo. Está uma beleza, porém sua beleza não me seduz.

- Coma sim, não faz mal e não é pecado. Pecado é o exagero, a glutonaria, tudo é pecado quando se deixa ser dominado. Aquilo que exerce o domínio sobre o homem é pecado, mas cabe ao ser humano dizer não.

- Não, minha sogra. Não como carne de porco já faz uns sete anos e não tenho Vontade. Do mesmo modo, concordo com o que a senhora falou. Aproveitando que estamos todos juntos, deixe-me fazer um comentário antes que eu esqueça: da Inglaterra saíram muitas igrejas evangélicas. Hoje, o país parece que vive uma tragédia religiosa, pois até a sua religião oficial, a religião cristã Anglicana, tem vendido templos, marcos de uma era, obra de uma arquitetura rara, projetos que outrora encantavam a realeza, uma beleza (são palavras de um reporte). Pois é, a iniciativa privada está transformando os antigos templos em propriedades para alguns endinheirados, e a fé de muitos virou conversa, bate-boca sem vida, parece um povo sem porto, sim, tipo aquele que entra no mar e é a onda que leva; a onda o leva de acordo com o vento. Muitos daquela nação estão navegando sem rumo. Olha o que soube esta semana: uma jornalista inglesa de nome Ariane se irou ao ver escrito em um ônibus a mensagem "Quando o filho Dele vier, Ele encontrará fé na terra?" A mensagem ainda trazia o endereço da internet de quem supostamente estava levando a tal mensagem. Ela visitou o site e leu outra mensagem que dizia: "Você será condenada a separar-se de Deus e passará a eternidade em tormento no inferno". A moça não gostou e resolveu fazer provocação à comunidade cristã, pois ela não cria na existência de Deus.

Diante disso, escreveu um artigo e nele pedia arrecadação para fazer uma campanha semelhante, porém ateísta. Ganhou adeptos, queria arrecadar 5500 libras que é próximo de R$18.755; arrecadou mais de 100 mil libras. Dentre os seus doadores está um que defende a fé cristã. Surpreendentemente, neste caso, a defesa de outros setores de religião cristã têm sido o silêncio, mas uns, como o reverendo de uma Igreja Metodista de lá diz que "Essa campanha será boa se fizer as pessoas pensarem nas questões mais profundas da vida" (não sei o que reverendo quis dizer com isto, parece que largou o foco Fé, afinal, o que é mais profundo do que a FÉ). O slogan criado pela jornalista inglesa para combater a fé é: "Provavelmente Deus não existe. Agora, pare de se preocupar e curta a vida". Tudo indica que ela, na verdade, queria algo mais profundo, queria dizer mais claro da sua discordância da crença em Deus, mas a agência reguladora de propaganda proíbe ataques, por isto usou a palavra "provavelmente".

- Mas cada um pode fazer o que quer de sua vida. Eu creio em Deus, mas poderia também não crer, e qual o problema? - disse o Paulo.

- De tudo posso esperar de um crente, menos o que você falou, Paulo. Claro que tem problema sim. Aliás, que tipo de crente você é? Quem não vive com Deus vive com o diabo.

- Você está me ofendendo, sou cristão. Você não é mais crente que eu porque ocupa cargo na sua igreja. Eu não ocupo cargo, mas cumpro com minha obrigação, vou todo domingo, participo da ceia e colaboro financeiramente e dou o dízimo todo o mês.

- Gente, essa discussão não vai levar ninguém a nada. Tudo isto era para acontecer, é o fim dos tempos.

-Disse bem, Lúcia. Desculpa, Paulo, me extrapolei.

Estava indignado com as besteiras que o Paulo falou, ainda bem que tenho uma um lher sábia, interferiu na hora certa. O almoço seguiu maravilhosamente bem. Antes de ir embora, quis deixar claro para o Paulo que não foi minha intenção ofendê-lo, e parece que ficou tudo bem. O Godofredo me chamou no canto e me convidou para almoçar com ele terça-feira, trabalhamos próximos. Já era cinco horas quando o cafezinho foi servido pela cunhada. Quando o cafezinho é servido no final da tarde na casa da sogra é porque já chegou a hora de ir. Lúcia já tinha se aprontado e as criança já começaram a se despedir.

No caminho, não segurei. Aquela conversa com Paulo ainda estava na minha mente. Realmente eu não quis ofende-lo, mas eu via no Paulo um crente por obrigação, aquele que tem consciência do inferno e mesmo sem notar tem medo, por isto frequenta a igreja. Quis saber da Lúcia o que ela achava.

- Lúcia, eu sei que você acha que às vezes falo demais, mas você acha mesmo que extrapolei hoje com o Paulo?

- Acho que você foi um pouco duro com ele, mas acredito que não quis ofender. Sei que não é do seu feitio ofender as pessoas. Esse meu cunhado é sempre distante, parece que vai à casa da mãe por obrigação. Eu também fiquei surpresa com aquela "eu creio em Deus, mas poderia também não crer, e qual o problema?"

-Sabe Lúcia, às vezes acho que todos nós temos medo do inferno, por isso frequen tamos uma igreja e nos apegamos a ela. Nem sei se sou assim também, mas não quero pensar se sou.

- Meu marido, igreja nunca salvou alguém do inferno. Ela pode até salvar social mente uma pessoa, dar a ela compromisso com a vida, colocá-la socialmente no caminho correto, fazer dela uma pessoa respeitada. Tudo isto é muito bonito e muito válido, mas devemos ter compromisso com Deus. Jesus, logo no início da sua mensagem, disse: *Arrependei-vos porque o reino de Deus está próximo*. Agora cabe a cada um de nós adentrar no seu reino. O homem vê a aparência, Deus vê o coração. A Bíblia nos diz que muitos são chamados, mas poucos serão escolhidos.

- É isso mesmo, mulher. Você acha que o Paulo não gosta de ir à casa de sua mãe? É tão bom ir aos domingos à casa dela, todos juntos, sem compromisso. Aproveitando, deixe eu lhe confessar uma coisa. Você lembra quando a convidei para fazer a bainha da calça? A calça era um pretexto, nem cobrei mais tal bainha, eu não tenho pressa. Vai me escutando, mas não briga comigo... Naquele dia, eu queria mesmo era falar com seu irmão. Sabe daquela história do padre? Pois bem, soube que seu irmão estava trabalhando e estudando numa agência de detetive particular, queria saber dele se custava muito caro um serviço deles.

- Não gostei disso. Fui usada descaradamente e só agora você vem me dizer isso, is to não está certo, somos casados. O que é bom para você tem que ser para mim e vice-versa; não deve haver eu, tem que haver nós, e você agiu com interesse de me enganar.

- Foi isto mesmo, errei, me desculpa?

- Olha Roberto, no dia em que você me contou algo a respeito daquele episódio, senti que não era coisa boa. Vamos botar uma pedra nisso.

-Eu acabei falando com seu irmão o caso, e ainda disse que não era para mim, e sim para um amigo.

- Mentiu outra vez. Agora vai entrar nessa? Mentira vem do diabo, muito cuidado, não entre nessa. Você se esqueceu: um abismo chama outro! Não vamos falar mais nisso.

Ainda bem que tenho uma mulher como poucas, se não fosse, teria arranjado uma confusão muito grande. Embora não tenha desistido de encontrar o padre, preciso tomar cuidado para não trazer aborrecimento para minha família, mas este padre eu preciso encontrar.

-Querida, o Godofredo me chamou para almoçar com ele nesta terça-feira. Parecia querer conversar algo especial, está havendo algum acontecimento que eu não saiba?

- Antes de responder, quero dizer que estou triste com você, espero que não faça mais isto. Quanto ao que me perguntou, não. A Viviane não me falou nada, se é que está havendo alguma coisa. Você acha que para ele marcar um almoço com o cunhado tem que haver algum fato muito especial? Deve estar querendo falar sobre o trabalho. Lá está havendo um reboliço.

Esperei com ansiedade aquela terça-feira. Vi no rosto do meu cunhado algo que tinha receio de dizer na casa de sua mãe. Talvez fosse por ter muita gente, minha experiência como médico dizia que algo estava levando-o a angústia, isto poderia virar uma indisposição maior, mas não comentei esta minha observação com minha mulher.

Foi um dia de domingo como o de sempre na família. As crianças, cansadas, dormiram cedo; Lúcia tinha me perdoado, e minha consciência estava tranquila. Dormi como uma pedra.

- Dr. Roberto, o Jairo lhe ligou logo de manhã. Disse que só voltará dentro de dez dias, tirou uns dias e foi para o Rio cuidar de umas pendências. "Fico aborrecida quando este sujeito liga para o Dr. Roberto, cheguei a imaginar coisa absurda do Doutor". O Dr.

Luiz Alberto quer falar com o Senhor urgente, e aquela paciente do Dr. João está lhe esperando.

- Ainda não são nove horas e já tenho essas pendências? Fala para o Dr. Luiz que o estou aguardando.

Não demorou muito e deram treze horas, ainda tinha que resolver pormenores finan ceiros antes de ir almoçar.

- Dr. Roberto, o Sr Godofredo está na linha. Diz ser seu cunhado e insiste para falar com o Sr, vai atender?

- É meu cunhado mesmo. Passe a ligação e traga todas as pendências para resolver mos, vou almoçar com ele, e devo demorar.

O Godofredo teve que me dar mais uma hora. Às quatorze e dez minutos cheguei ao restaurante. Meu cunhado já estava "roxo" de fome, comia umas torradinhas e eu o acompanhei.

- Desculpa atrasá-lo, mas ficou uma porção de coisas da semana passada sem fazer e assim não podia ficar, tive que colocar em ordem, bem que eu queria chegar antes.

- Não há problema, talvez eu nem volte mais hoje ao banco. Viajarei e ficarei o resto desta semana em Recife, tenho uma agenda cheia lá.

- É sua segunda viagem depois da união dos bancos.

- Roberto, estou trabalhando dobrado. Ainda bem, porque assim sendo o tempo pás sa rápido. Não quis falar com você na casa de minha mãe, e fiz tudo para não demonstrar, mas estou passando por um momento difícil, estou muito para baixo. A minha mulher insistiu para eu fazer o exame, pois ela fizera todos e o médico afirmou que ela estava apta a ter filhos. Eu me acovardei, não quis fazer, mas não teve jeito, acabei fazendo. Você imagina o resultado. Pois é, não posso ser pai. Ela quer tanto ser mãe e eu muito a fim de ser pai.

Ele parou de comer, as lágrimas rolaram. Fiquei constrangido. Este meu cunhado sempre foi tão durão. Estava ali um homem desmontado, ainda vivia o impacto da impossibilidade de ser pai. Falei-lhe que a medicina hoje tinha muita técnica que poderia inverter este prognóstico. Mas a realidade era outra, aquele homem na verdade se sentia menor. Se sentir menor é frustrante, principalmente quando realidades passadas nos mostraram que somos mais do que somos. Se este passado criou em nós excesso de confiança, essas coisas podem nos afetar fortemente, psicologicamente ficamos arrasado.

O tempo foi passando até que meu cunhado se refez. Ele acabara de me dizer que não tinha contado isto para ninguém, estava inseguro, não conseguia nem mesmo conversar tal situação com sua esposa, apesar dela já saber do resultado.

- O que sua esposa falou?

- Disse que já sabia, mesmo antes de eu fazer o exame, por isso já tinha marcado uma consulta médica com um especialista. Olha Roberto, esta sensação é horrível. Acho até que mesmo sendo uma viagem de trabalho, ela vai me deixar melhor.

Via-o se sentir responsável por não poder dar a sua mulher o direito de ser mãe.

- Você parece se sentir culpado por isso. Não entre nessa, pois você não foi constituído assim. Se aconteceu algo no meio do caminho que lhe deixou assim, você não deve se entregar a isto. Você tem o conhecimento que Deus pode mudar sua história. Fale com o seu pastor, peça ajuda. Aja, pois, sua esposa está agindo, não adianta sair de cena, o que é impossível ao homem é possível a Deus. Não se acanhe, é importante agir positivamente. As forças demoníacas querem que o ser humano aja negativamente, assim esquecem que existe uma força que pode mudar a história.

A comida já estava fria, não havia clima para almoço. Resolvi tentar quebrar o clima ao sugeri uma sobremesa bem reforçada. Ele concordou, porém recomendou que eu a escolhesse.

Saímos do restaurante próximo das cinco horas. A caminho do trabalho, pensava na Viviane, ela não comentou nada. Mas eu estava preocupado mesmo era com o Godofredo, estava muito deprimido.

Já no trabalho, encontrei muitas correspondências na minha mesa. Tem algumas que jogo fora espontaneamente. Empresas que investem pesado nisso comigo perdem dinheiro, pois nem abro, se fosse abrir tudo que chega aqui não teria tempo para cumprir minhas tarefas diárias. De todas essas, uma me chamava a atenção, era do Jairo e esta, é claro que queria receber. Mandou-me um cartão postal com a foto da estátua do Cristo Redentor, no verso escreveu "Estive aqui, aproveitei e procurei o tal padre, mas também não o encontrei". Ele é muito tirador de sarro. Curioso este sujeito, encontrei-o numa cena hilária produzida por mim e o indivíduo se afeiçoou a mim. Nunca imaginei que fosse lembrar-se de mim lá na sua terra, e ainda trazer à minha lembrança meu tempo de adolescente. Não lembro quando recebi o último cartão postal. Quando eu era garoto tinha uma porção, me achava até colecionador. Eu mesmo comprava, pois receber cartão era raro, tinha um grande xodó por todos eles. Esta é uma lembrança muito boa.

Já era dezenove e vinte cinco minutos, estava exausto. A Laura é uma secretária que só vai embora quando vou ou a dispenso. Acabei me esquecendo e ela ainda se encontrava na empresa. Tive que pedi desculpas, quase lhe ofereci uma carona, apesar de saber que ela tem carro.

Era quase vinte e uma horas quando cheguei em casa. Estava na dúvida se falava PA ra a Lúcia o caso do irmão dela. Tinha receio que o Godofredo não gostasse, mas como esconder aquilo de minha mulher. Ele não me pediu segredo, entretanto encontrava-me nesta indefinição.

Lúcia, ao me perguntar sobre o almoço, fiquei acanhado. Ela parecia que sabia que eu lhe escondia algo, todavia me esquivava. Não estava fazendo por mal, tentei ao máximo me esquivar, mas mulher é assim mesmo, enquanto não descobre não sossega. No fundo, Lúcia achou, igualmente como eu, muito estranho o irmão dela me chamar para almoçar, nunca fizera isso nestes mais de quinze anos que nos conhecemos.

- Lúcia, a Viviane como está?
- Como assim? Você sabe que eu não sei, e você soube o que?

Pronto, me entregara. Não teve jeito, tive que contar. Lúcia também é muito emoti va, sentiu a dor do irmão, seus olhos lagrimejaram. Logo após de refeita, queria ligar para o casal. Tive que intervir, não era o momento, ela tinha que esperar Viviane lhe contar.

- Mas Roberto, ela não disse nada, deve está precisando de ajuda.

- Sim, mas ela não comentou. Talvez queira resolver do jeito dela, está correndo a trás, já marcou um médico para eles irem. O Godofredo acha que ela encarou numa boa e está buscando solução. Seu irmão que ficou meio bolado, coisa de machão, mas vai passar. Falei para ele me procurar se precisar de ajuda. Olhe, não conte isso nem para sua mãe, não quero que o Godofredo perca a confiança em mim. Ele está viajando a trabalho e disse que me ligará assim que voltar.

Como suspeitei, não tive como esconder tal coisa da Lúcia, mas tinha a consciência tranquila, pois não fiz nada de errado contando o problema do irmão a ela. Porém não queria que ela comentasse com alguém. Este é o tipo de coisa que quem tem que falar é a própria pessoa que está passando o problema. Eu penso assim, acho que se fizer ao contrário invadimos território não chamado.

Os dias passaram e chegamos à quinta-feira. Era o culto na casa do Gustavo e da Alzira. Fui normalmente para o trabalho, na mesma rotina. Ao chegar ao escritório, havia um chamado do Jairo. A Laura, ao me informar sobre o chamado, pronuncia o nome Jairo estranhamente. Aproveitei para perguntar se ela conversou com ele ou a conversa ficou só na recepcionista. Ela respondeu que falou, era obrigação dela atender e filtrar, e foi assim que fez. Perguntei o que ela achou dele. E ela respondeu:

- Olha Doutor, acho estranho este cidadão, ele é meio estranho.

- Ele é carioca, carioca é assim mesmo.

- Não Doutor, conheço muitos cariocas. Este não me cheira bem. Ih! Desculpe-me, não estou aqui para julgar as pessoas.

- Tudo bem...

Esbocei até um sorriso com o jeito dela falar do Jairo. O sujeito se mostrou tão boa gente, as pessoas são diferentes. Peguei o telefone e liguei para o carioca, ele ainda se encontrava no Rio de Janeiro.

- Alô Jairo... Que boa vida heim, prolongou as férias?

- Não cara, vou ficar aqui mais uns vinte dias. A matriz vai mudar para São Paulo, convocaram-me para ajudar a terminar o trabalho daqui. Olha, mas não me esqueci do padre, até falei para uns amigos que encontrei um capixaba que já virou paulista e que busca encontrar um padre. O pessoal não compreendeu nada... Tenho que rir, falei que eu comprei esta luta com o tal agora paulista.

- Você é um gozador. Antes que eu esqueça, obrigado pelo cartão postal... Vou continuar lhe aguardando para recomeçarmos a busca.

Eu estava encantado com a amizade do Jairo. Ele quebrava minha rotina, fazia-me

até me sentir mais novo. Além disso, passou a ser meu confidente. Éramos como dois a-
migos procurando um tesouro. Eu via nele só o desejo de me ajudar e nada mais.

Cheguei em casa às cinco horas. Minha mulher já tinha comprado o presente do Ca
sal.

- Lúcia, hoje quem me ligou foi o Jairo. Ele está no Rio de Janeiro, a empresa que
ele trabalha tomou uma decisão radical, transferiu sua matriz para São Paulo.

Lúcia me escutava sem dar muita atenção. Quanto pensei que não estava ligada no
que eu falava, ela perguntou:

- Quem é Jairo?

- Aquele rapaz do Rio que lhe contei sobre o acontecimento que eu queria falar com
o padre.

- Você ainda não se esqueceu disso?

Realmente estava querendo esquecer aquilo; e a Lúcia já pensara que tinha esqueci
do. É melhor mudar de conversa, não quero deixar minha cabeça neste assunto.

- As crianças vão conosco?

- Não, a Nilza vai ficar com elas. Aproveitei e falei para ela sobre a Viviane. Prome
teu colocar o assunto na reunião de oração da igreja dela. Você não liga, não é?

- Claro que não. Vou preparar a pregação. Às dezenove horas me fala para eu ir to
mar banho.

Não liguei por ela ter contado à Nilza, pois tinha certeza que o assunto estava em
boas mãos; Nilza é uma pessoa que se pode confiar.

Às dezenove e quinze a homília estava pronta. Lúcia já tomara banho e se arrumara.

Para algumas pessoas, o melhor da festa é a chegada; confesso que fico meio tímido
ao chegar, por isso, às vezes, gosto de ser uns dos primeiros. Neste caso, quando chegamos tinha muita gente, talvez umas trinta pessoas, e a Alzira me informou que não tinha
chegado nem a metade.

Depois dos cumprimentos formais, fomos levados à mesa onde estavam o Gabriel,
o Cláudio e as suas esposas. Ambos os casais são amigos nossos de longa data, moram em
Porto Alegre e sempre vêm a esta recepção. Falamos de vários assuntos, entre eles, o caso

do pastor que apareceu no vídeo depois do seu programa na TV fazendo merchandisings, diz o pastor: "... Você realiza, em nome de Jesus, o sonho da casa própria, é só ligar para o telefone que está no seu vídeo".

O Gabriel saiu na defesa do pastor, ou pelo menos, tentou amenizar as criticas. Eu concordei com ele.

- Gente, não podemos acusar as pessoas assim, pois acho que ele não tinha intenção de usar o nome de Jesus deste modo, foi meio automático.

Tive que intervir:

- Na verdade, temos que ter mais cuidado, o nome de Jesus foi entregue aos homens para que todos possam vencer toda a obra do maligno nesta terra. Certa vez, em uma igreja na cidade de Campos, no estado do Rio de Janeiro, um pregador no decorrer de sua fala disse que as pessoas estavam muito preocupadas com suas casas, arranjavam diversos meios para guardá-la, até cachorro estava sendo criado para segurança, e ai ele disse: "Pois lá em casa Jesus é meu cachorro". Ele não quis dizer isto, mas foi isto que todos escuta-ram. Assim sendo, repito, temos que ter cuidado, o nome de Jesus não é qualquer coisa; este nome é a chave da vida eterna, só quem o tem dentro do propósito estabelecido por Deus aqui na terra desfruta disto, e ainda tem autoridade sobre as obras infernais e demô-nios. Cuidado é uma questão de zelo!

Depois da várias conversas, chegou a minha vez de levar a mensagem. Pedi licença e caminhei ao local preparado.

- Mais uma vez estou aqui para esta celebração. Alguns tempos atrás, o povo se réu nia assim, como estamos fazendo, para celebrar o Deus. Porém escondidos, sim, uma reli-gião poderosa impedia o culto espontâneo a Deus. Mas, um movimento começado por Martins Lutero no século XVI protestou contra diversos pontos desta religião. Foram apre-sentados vários fundamentos para tocar o coração daqueles que exerciam o poder eclesiás-tico, porém nada foi feito, estavam insensíveis. Diante disso, nasceu o que ficou conhecido como "os protestantes". Este movimento protestava contra as invenções eclesiásticas, este movimento mostrou pontos que a palavra de Deus ensina, pontos estes que são marcantes e fascinantes; na verdade, são cinco princípios para o exercício da vida com Deus:

O primeiro é somente a Fé;

O segundo é somente a Escritura (Bíblia);

O terceiro, somente Cristo;

O quarto, somente a Graça;

E o quinto, a glória somente a Deus.

E como tudo começou?

Não podemos nos esquecer da Pré-Reforma, período anterior aos lutadores da Re forma. Pessoas essas seguidoras da palavra, porém tão perseguidas que pouco se sabe delas, a história ficou escondida; mas não se enganem, Deus sempre esteve no controle. Tenho certeza de que poucos ouviram falar de Pedro Valdo. Este homem era um próspero comerciante em Lyon, conheceu o Cristianismo, foi tocado profundamente, mas não quis ficar preso só ao que ouviu, queria conhecer as Escrituras. Mas como? Poucos tinham este privilegio, suas cópias eram dificílimas, a religião oficial proibia, e a sua linguagem não era para pessoas do povo em geral ler, porque o povo não tinha saber. Pedro Valdo não aceitou ficar sem o conhecimento, procurou até encontrar alguém que pudesse fazer uma tradução da Bíblia para a linguagem popular. De posse desta preciosidade, conheceu algo a mais, se encantou, queria que todos descobrissem a verdade da Escritura Sagrada. Por este seu desejo vendeu o que tinha, deve ter encomendado mais cópias, e custava caro, na época não existia máquina copiadora, xerox como é conhecida popularmente, era manual, e poucos tinham esta habilidade, pois o conhecimento era escasso. Passou a se reunir em casas de famílias e até em grutas para fugir dos perseguidores, queria que mais gente soubesse da maravilha do cristianismo verdadeiro. O verdadeiro cristianismo é isto, quem encontra, encontra a vida. Ele passou a propagar a vida que há em Cristo, imediatamente abandonou a adoração a qualquer tipo de imagem, pois ele descobriu que Jesus Cristo é tão somente, Ele sim é digno de honra. Este homem viu na Escritura que Deus condena qualquer tipo de culto à imagem e outras coisas que outrora ele aceitava. Ele não encontrou na Bíblia amparo legal para a supremacia da igreja romana e observou que ela estava fora dos preceitos Bíblicos, notou que esta igreja trazia ensinos fora da verdade. Acredito que se pode dizer que esta foi a primeira denominação Cristã nascida através de pessoas longe do domínio de Roma. Não se sabe ao certo quando ela nasceu, alguns dizem que foi por volta de 1174, e poucos tinham acesso, pois tudo tinha que ser escondido.

Hoje estamos aqui nesta liberdade, podemos cantar, louvar, tudo fazemos aberta mente porque o Senhor sabe fazer as coisas. Deste modo, o joio foi mostrado, aconteceu a separação, pois Ele cuida de nós. Esses nossos antepassados foram instrumentos usados por Deus, eles são lembrados, mas a glória pertence a Deus. A nossa fé é a certeza daquilo que não vemos, e sabemos que somente a Escritura (Bíblia) nos traz a verdade, somente Cristo nos leva à vida eterna, tudo temos pela Graça, louvor somente a Deus. E é neste princípio que estamos aqui para celebrar mais uma data do casamento do Gustavo e da Alzira. Quem vive fora destes princípios jaz numa religião sem vida.

Este casal nos mostra o exemplo, pois vive dentro do princípio divino, são dezoito anos de plena comunhão. Agora vejam os senhores, uma deputada Alemã propôs uma lei em seu país que limita o casamento para sete anos, na sua proposta diz que o casal que quiser continuar junto poderá renovar por mais um tempo. Em outras palavras, quem se casar vai ficar junto por um tempo. Este não é o caráter do casamento, está fora dos princípios de Deus, isto é um contrato de uso. No casamento não há uso, pois ele é uma unidade, é um encontro de dois que o resultado é um...

Depois de uns quarenta e cinco minutos, terminei a homília, vi que agradei a todos, acho que o objetivo traçado foi alcançado.

Em seguida, cumprimentei o casal e agradeci pelo privilégio de ser o pregador da noite. Voltei ao local onde eu estava, o Gabriel e o Cláudio falavam sobre "santo". O Gabriel é católico. Eu só ouvia os dois conversarem calado. Não sei se o Gabriel estava satisfeito com as explicações do seu amigo, porém lhe fez esta pergunta:

- Tudo bem Cláudio, mas por que vocês não aceitam nem santa Maria como uma Santa de Verdade?

- Olha Gabriel, não é bem assim. Acreditamos que esta senhora foi uma excelente mulher e Deus a escolheu para executar um plano aqui na terra, mas isto não lhe dá o direito de ser cultuada. Nem eu e nem ninguém deve cultuá-la, venerá-la. A Bíblia condena isto.

- Mas ela não é a mãe de Jesus, significa que é uma Santa, não é?

- Todos nós somos santos, quem é filho de Deus se torna Santo. Deus usa pessoas, isto é um privilégio, porém este privilégio se recebe, ela recebeu um chamado de Deus e obedeceu, foi um privilégio. Moisés recebeu um chamado e obedeceu; Pedro , João, Paulo e tantos outros, como alguns atualmente que nem conhecemos, mas estão cumprindo o chamado, entretanto ninguém tem o direito de ser cultuado.

- Mas essas pessoas consagradas a santos foram pessoas puras, e por esta condição ganharam o titulo de santo.

- Gabriel, você já parou para perguntar quem é que dá este título? Você acha que pessoas iguais a nós têm condições de dizer quem é quem no reino espiritual? Veja o caso de Maria, ninguém quer tirar dela o mérito, o privilégio de ter sido uma escolhida, tanto que por isto ela é lembrada. Entretanto, ela foi uma pessoa igual a nós; se você ler o livro de Mateus, vê lá no capítulo 13: 53-56 que Maria, depois de ter cumprido a palavra de Deus, ou seja, depois de ter trazido Jesus ao mundo, teve uma vida como toda mulher, casou, teve filhos e filhas e exerceu seu trabalho rotineiro. É a mesma coisa de José, ele também é considerado santo no sentido de ganhar veneração, ou seja, adoração, porém quantas vezes José aparece na caminhada de Jesus depois de adulto? Sua importância se resume dentro da história, assim como Maria. Esta mulher deve ter sido uma mulher virtuosa sim, mas ela não tem condições de fazer alguma coisa depois que seu corpo voltou ao pó, ela não tem como interceder por nós diante de Deus.

- Vocês não creem e acham que todos têm que ser como vocês.

- Não, meu amigo, não é nada disso. Veja, a Bíblia é nossa verdade, e lá não fala que devemos santificar alguém para venerar; muito pelo contrario, ela condena isto, quem faz tal coisa vai pagar um preço muito caro depois que partir desta vida. Crer na palavra é não fazer dela conforme nosso interesse; não podemos mudá-la, nem acrescentar e nem aceitar mudanças que alguém fez para atingir interesses de pessoa ou de religião. Somos santificados através de Jesus Cristo para nos apresentar a Deus e não a homens para receber algo, toda honra e glória só um tem este direito.

Tudo que lhe falei é a pura verdade, ainda há tempo para as pessoas avaliarem e a bandonarem tais práticas, porém isto só é possível enquanto vivemos na terra, o tempo do fim se aproxima, além do mais, cada dia é o fim de alguém, a morte não manda recado, por isto, deve-se arrepender enquanto há tempo.

- Diante do que você falou, esta igreja que incentiva as pessoas a buscarem fazer promessas a santos está equivocada.

- Claro, esta é uma atitude fora do contexto Bíblico, portanto, condenada por Deus; e igreja não salva, só Jesus Cristo é o Caminho, a Verdade e a Vida. Quer ter vida? Siga a Jesus Cristo, Ele sim dá, ainda aqui na terra, a vida que todos procuram e não acham em nenhuma religião.

As mulheres chegaram e o assunto terminou assim. Tenho certeza que o Gabriel fi cou a analisar, pois vira que o Cláudio tinha argumento mais real. O Cláudio mostrou para ele que pessoas são pessoas, todos vão dar conta dos seus atos ao Criador, o único Deus; portanto, cada um tem que cumprir o seu chamado. Eu fiquei calado enquanto eles conversavam, mas confesso que fiquei com muita vontade de falar também.

Foi uma noite linda e uma festa primorosa...

Capítulo IV

A verdade se apagando

A caminho do trabalho pensava em ligar para o Godofredo, eu falava comigo mêsmo: "Quando chegar ao escritório vou ligar para o Godofredo, já faz mais de quinze dias e ele não me procurou mais. Bom, deve estar tudo bem, mas vou ligar, acho necessário, talvez ele esteja sem jeito de falar comigo".

Eu realmente tinha deixado aquela história do padre meio que de lado, não a tinha esquecido, mas não estava na empolgação de reencontrá-lo. No fundo queria deixar pra lá, mas não saía da minha cabeça a curiosidade pelo diário e sentia-me meio que arrependido por não ter visto quando tive todas as oportunidades. Também não tinha cabimento estar com este sentimento agora, por isso tinha decidido colocar uma pedra nesta história.

Mas nem sempre cumprimos o que determinamos; e aí pode morar um grande Peri go, ou não?

- Bom dia! Oi Laura, já tem muita coisa para mim hoje?
- Sim, Dr. Roberto, já levo para senhor.

Laura é uma secretária bem despachada; tem uns vinte e cinco anos, nem sei se tem namorado, casada sei que não é, aliás, não sei nada de sua vida.

- Licença, Dr. Roberto. Além destas coisas aqui, tem mais esta relação de pessoas que ligaram para o senhor. Ligou também aquele cidadão de nome Jairo, acabei não anotando o número do telefone dele, mas disse que lhe ligará mais tarde.

- Ok, se o Jairo me ligar, passe-me a ligação.

Não quis me aborrecer com a Laura, mas vi nela um propósito de impedir o Jairo a se achegar a mim; só falou que ele tinha ligado pelo dever que tem de me informar tudo.

Confesso que fiquei na expectativa, por um tempo, da ligação do Jairo. Queria saber se mudara para São Paulo em definitivo com a empresa. Estava curioso mesmo, só não liguei para ele porque trocara de telefone e não me avisou. Como já disse: não estava mais nos meus planos descobrir algo sobre o padre, nem falar sobre isto eu queria mais.

-Dr. Roberto, é o Godofredo, seu cunhado, está aqui.

- Godofredo, quando vinha para cá pensei em lhe ligar, mas acabei me enrolando, -. Por que você sumiu?

- Está tudo bem. Meu problema já foi superado, vamos ter nossos filhos, sim. Roberto, tem coisa que parece que é para nos provar, chamar-nos a atenção. Veja o que aconteceu comigo: o médico chamou minha esposa lá, mandou que eu fizesse alguns exames. Minha esposa sugeriu que eu fizesse o mesmo exame que constatou minha impossibilidade de ter filhos também, ele concordou. Fiz os exames assim que cheguei da viagem, todos os resultados deram resposta contrário do primeiro. Como tinha lhe dito, o médico tinha certeza de que seria impossível termos filhos por vias normais. Ele não sabe o que aconteceu, ficou desconfiado e me mandou fazer um terceiro exame. Foi confirmado, eu fui curado. O meu Deus é real. Estou lhe dando esta notícia em primeira mão.

- Que bom! É muito bom saber disso, estou muito feliz por você. Agora é com você e a Viviane...

-... Isto é verdade... Minha mulher disse assim "Agora só depende de nós". Você repetiu o que ela disse... E é verdade, só depende de nós...

-Mas, falando sério, já soube que o pastor da nossa igreja foi embora? Pediu tanto que nos reunimos e o liberamos, ficar era prerrogativa dele. Não adiantava continuar insistindo com ele para ficar, seu coração estava distante.

- É isso mesmo. É uma pena estar neste ministério assim. E quando chegará outro pastor?

- Já chegou, estou aqui para convidá-lo a ir à cerimônia de posse. Ele vai tomar posse nesta quarta-feira.

- Fico honrado, vou tentar ir. É amanhã, então.

Senti-me mais próximo de meu cunhado, e olha que ele nunca tinha me convidado para algo, nem tampouco tinha conversado tão íntimo assim comigo. Fiquei contente que o problema já não existia.

Às cinco e trinta e oito, a secretária me passa uma ligação, era o Jairo. "Vi" na sua voz o seu descontentamento, ela pegou uma birra do Jairo, não sei por quê.

- Jairo, tudo bem? Mudou o telefone?

- Sim, já estou em São Paulo, encontre-me hoje que tenho umas boas para você.

- Hoje não vai ser possível, já tenho um compromisso.

- Rapaz, você precisa vir, tenho uma porção de coisas do padre para lhe mostrar.

- Já abandonei a ideia de encontrar o padre.

- Não depois que lhe contar as novas. Mas só lhe conto pessoalmente.

Fiquei curioso, muito curioso, mas não podia. Marcamos para o dia seguinte.

Só fiquei livre às vinte horas e trinta e três minutos. Tive vontade de ligar para o Jairo, peguei até o telefone, mas minha esposa me ligou na hora. Preferi abandonar a ideia, cheguei em casa próximo das dez horas da noite. Costumo deixar tudo que não faz parte do convívio da família do lado de fora. Evito ficar pensativo em coisas alheias a nossa família, gosto mesmo é de curtir as crianças, a mulher, enfim, o lar. Desta vez eu não estava assim, pensava muito no que o Jairo me falara. Certa hora, minha mulher me perguntou se eu estava com algum problema, viu que eu estava distante, mas não toquei no assunto com ela.

-Lúcia, tenho uma notícia muito boa. Seu irmão me visitou hoje, disse que o médico ficou sem compreender, pois ele está ótimo, o problema não existe mais.

- Que bom!É como fala a Nilza, nosso Deus é Deus do impossível. Mas isso não quer dizer que Ele não faça o possível, porém o possível ao homem faça o homem. Deus é socorro bem presente, mas temos que colocarmos a sua palavra no nosso coração. -Como meu irmão deve estar feliz!Que bom! Deus seja louvado!

Vi minha esposa se emocionar, ficou muito feliz. E assim aquele dia se foi.

A rotina pela manhã é a mesma, acho que em todas as casas, principalmente quando temos que aprontar crianças para levá-las à escola, é uma correria só.

Às nove horas, antes mesmo de chegar ao trabalho já ligara para o Jairo confirman do nosso encontro às dezesseis horas, deixei o lugar por conta dele.

- Laura, minha agenda hoje termina às quinze horas.

- Tudo bem. "por que ele vai terminar tão cedo, nem me disse o porquê"

Às quinze e dez o Jairo ligou, não demorei a sair para o encontro.

-.Laura, já estou indo

- Sim Dr. E se dona Lúcia ligar, o que digo?

- Ela não vai ligar, já sabe aonde vou.

- Ah!!! Desculpa... Tudo bem.

Gostaria de saber o que se passa na cabeça da Laura, ela tomou birra do Jairo mes mo.

Cafeteria e choperia Tri-Passos, cheguei primeiro. O Jairo chegou depois de vinte minutos. Eu lia uma revista e tomava um refrigerante. Ele riu de mim por estar tomando um refrigerante.

- Jairo, você sabe que não bebo.

- Eu também não, rara às vezes tomo um chope; hoje vou tomar. Você nunca bebeu?

- Já lhe falei; quando mais jovem sim, uma ou duas vezes, mas não sou dado a isso.

- Quer dizer, está falando que não vai me acompanhar?

- Hoje não... Mas me fale, mudou para São Paulo, e a empresa?

- Nossa empresa trabalha com sistemas, e oferece assistência eletrônica em diversas áreas, tem seus maiores clientes com matrizes em São Paulo. Assim sendo, foi decidido estabelecermos aqui a central, mas talvez eu volte para o Rio, assim como eu cuidava da filial aqui, devo voltar pra lá para fazer o mesmo.

- E aí vou ficar distante do amigo.

- Deixa disso, nossa amizade nasceu da luta... [muito risos].

- Quando lembro você correndo para pegar o ladrão e dizendo que fui roubado ao marronzinho, e não dizia mentira porque era o que você achava, fico rindo sozinho.

- É, mas tudo tem seu por que. . Hoje sou seu ajudante na busca ao padre, esqueceu?

Rimos muito da lembrança daquela cena.

O Jairo me surpreendeu novamente. Tinha ido a Santos a convite de um amigo, fi cou um final de semana e procurou o endereço que o despachante lhe dera. Achou o local e me convidou a ir com ele no lugar. No início rechacei a ideia, era loucura; mas diante dos argumentos apresentados pelo carioca, fiquei de pensar.

Foi uma tarde agradável, mas passou rápido, quando demos por conta já era mais de sete horas. Foi nesta tarde que o Jairo me contou que sua família, ou seja, sua esposa e seus três filhos, continuavam morando no Rio;ele ia lá alguns finais de semana.

Fui para casa pensando na possibilidade de ir a Santos, mas não queria envolver mi nha família nisso. Fazia planos, mas não encontrava um jeito de fazer acontecer. Fiquei com ideias na cabeça.

- Oi, Lúcia, você parece brava querida.

- Você está muito sem compromisso. Esqueceu que combinou comigo de ir à igreja para a posse do novo pastor?

- Como assim? Que Pastor? Ninguém me disse nada. Tá certo que ando meio afas tado, mas isto só durante a semana, aos domingos estou sempre na igreja, tenho ciência de tudo que acontece, como não saberia de uma coisa dessa. O que ocorreu?

A Lúcia olhava para mim, estava estatelada.

- O que acontece com você, meu querido? Esqueceu do que meu irmão lhe falou, do ocorrido lá na igreja dele?

Fiquei envergonhado...

- Você já está quase pronta? Vou trocar só a camisa.

Chegamos à igreja próximo das nove horas, deu para remediar. Porém ouvi boas da Lúcia, e ainda me sugeriu que procurasse um médico. Não era normal, para ela, eu com quarenta e oito anos já ficar de tal modo, viver nesta idade tão esquecido assim não era normal.

Antes da meia-noite estava em casa. Aquela noite foi muito longa, confesso que dormi pouco, pensava em ir a Santos e procurava uma maneira de fazer tal coisa. Na clínica trabalhava mais no escritório e dificilmente entrava no consultório para atender pacientes, pois tinha uma equipe médica que cuidava desta parte. Mas não gosto de me afastar, nossa clínica tem agenda lotada todos os dias, mas é preciso continuar trabalhando continuamente na imagem dela, pois uma boa imagem é tudo neste negócio, por isso fico de olho em tudo. Apesar de ter médicos amigos ali, não os queria ter como aliados para qualquer travessura de minha parte. Pensei em ter como minha aliada a Laura, seria um risco me expor, mas não pensara em situação melhor dentre todas que imaginara, apesar de ter que remover a intolerância que existia dela para com o Jairo. E nesta linha de raciocínio chamei Laura à minha sala. Antes de qualquer coisa perguntei se podia confiar a ela um segredo. Ela me olhou estatelada, não acreditando que seu patrão estava ali lhe falando confidências pessoais. Ela escutava silenciosa. Quando falei sobre o diário do padre, ela esboçou um sorriso tão logo disse que o Jairo era meu aliado nesta busca.

- Ih!... Dr., desculpa, mas tive tantos pensamentos a respeito deste sujeito que é bom nem lhe dizer. Olha, Dr. Roberto, foi melhor assim, mas continuo com um pé atrás em relação a ele.

- Tudo bem que você não vai com o jeito dele, Laura. Contudo, preciso saber se posso contar com você, apesar dele ser meu colaborador nesta tarefa. Quero seu silêncio em relação a isto para com todos, inclusive não quero que minha mulher tenha contato com este assunto. Posso contar com você?

- Claro Dr. Roberto, serei sua aliada sim.

- Marque para mim um hotel no dia quinze em Santos, pegue dois quartos, gosto de ficar só no quarto; o Jairo vai comigo. Vou chegar mais cedo hoje em casa e você vai me ligar às dezoito e trinta me informando que tenho que viajar neste dia.

Liguei informando ao Jairo da viagem. Ficou tudo acertado. Antes das dezoito horas já estava em casa, claro que minha mulher gostou, mas não deixou por menos: "Ontem era para você chegar neste horário querido, mas que bom que você já chegou, vamos ao shopping e depois numa pizzaria"... E riu... As crianças amaram, shopping e pizzaria para paulistano é certeza de bom programa; e para as crianças é tudo de bom. Tomei um banho e fomos. Porém às dezoito e trinta, eu ainda tomava banho, o telefone tocou, era a Laura querendo falar comigo. Lúcia chegou à porta do banheiro e me falou. Mandei perguntar se era urgente, ela diz que não e dá a notícia a Lúcia sobre a viagem. Ao sair do banho, Lúcia me fala sobre a tal viagem e me sugere que vá e volte no mesmo dia. Mas argumento com ela que são dois dias. Não foi difícil ter a concordância dela.

Tudo caminhava dentro do que eu planejava, aquela noite foi de grande expectativa.

E o dia parecia que não me deixava concentrar no que eu fazia, minha cabeça girava em torno desta viagem. No dia quinze de agosto passei no lugar combinado com o Jairo, o peguei e fomos para Santos. Eu parecia uma criança na esperança de ganhar um presente. Conversamos sobre muitas coisas, descobri que ele gostava da mesma leitura que eu; livros que fazem as pessoas acreditarem que podem, esses livros trazem conhecimentos sobre a capacidade do homem, muitos os chamam de autoajuda, mas não é bem isto, ninguém se ajuda se não tiver uma mãozinha de alguém, no caso, esses autores dão. Fico, às vezes, até a pensar por que esses livros hoje são tão divulgados? Outrora não se falava nessa tal neurolinguística. *A programação neurolinguística (ou simplesmente PNL) é um conjunto de técnicas, axiomas e crenças que seus praticantes utilizam visando principalmente ao desenvolvimento pessoal. É baseada na idéia de que a mente, o corpo e a linguagem interagem para criar a percepção que cada indivíduo tem do mundo, e tal percepção pode ser alterada pela aplicação de uma variedade de técnicas. A fonte que embasa tais técnicas, chamada de "modelagem", envolve a reprodução cuidadosa dos comportamentos e crenças daqueles que atingiram o "sucesso" (fonteWikipédia,eciclopédialivre, grifo do autor).*

Antes de irmos ao hotel, fomos ao local da suposta moradia do padre. Já no caminho do hotel combinamos a estratégia para chegar ao padre. Depois de deixarmos nossas coisas no hotel, resolvemos agir prontamente; voltamos ao local e colocamos em prática nossa estratégia.

Deixei o Jairo um pouco distante, fui até o prédio e perguntei se tinha algum apar
tamento para alugar; foi batata, informaram-me a imobiliária que cuidava de um e lá fomos, pegamos a chave e uma autorização para entrar no prédio. Achei uma facilidade i-
mensa entrar em um prédio. Subimos ao apartamento, fizemos hora, conhecemos a área de
lazer, por sinal muito bem cuidada. Estávamos na expectativa de encontrar o padre, mas
nada. O Jairo ficou olhando a área de lazer, eu fui até a portaria para saber quem eram os
moradores do prédio; antes, porém me identifiquei como médico. O porteiro chamou o
zelador, ele compreendeu o interesse de um futuro morador saber quem será seus visinhos.
Na lista constava o nome de Henrique Herrera Danúbio e Luiza Marlene Lauder. Perdi a
voz, ainda meio tonto de emoção, disse para quem me mostrava a lista.

- Acho que conheço este aqui. Ele mora aqui há muito tempo?

- Faz. Eu trabalho aqui há onze anos, o prédio tem próximo isso de idade, ele veio
morar aqui logo no início, mas dificilmente o vejo. Ele é professor e tem muitos negócios;
um que sei que é dele é a escola da primeira rua à direita, seguindo em frente a que estamos.

Interrompi o homem, não deixei terminar a frase, ao passar em direção ao prédio vi
a tal escola.

-Ele é professor também?

- Sim, já vi alguém chamá-lo de professor Danúbio?

De posse da informação, passei em frente à escola novamente.

Fui para o hotel com meu amigo. No caminho bolávamos um plano para ter acesso
ao apartamento do padre.

Já no quarto, quando estava me preparando para tomar banho, foi que caí na real, ES
tava indo longe demais. No jantar com meu parceiro, falei-lhe o que achava,estava indo
longe demais. Ele concordou, entendeu assim também.

- Jairo, é melhor parar por aqui.

- Não, vamos à escola, você o rever e aí encerramos a história.

De tanto o Jairo insistir, acabei tomando dois chopes, a muito não tomava bebida al coólica, cheguei ao hotel louco para deitar. Eram onze horas quando o telefone tocou, era minha esposa, eu não a tinha telefonado, coisa que não costumo fazer quando estou fora. Tive que arranjar uma boa desculpa.

Pela manhã fui à academia do hotel fazer uns exercícios, o Jairo já se encontrava lá. Confesso que não esperava encontrá-lo naquele local.

- Rapaz, você está no caminho certo; é isto mesmo, mexer um pouco o físico faz muito bem a saúde.

Foi aí que soube que o Jairo estava tendo um caso com uma moça. Perguntei para ele se não enrolava quando chegava em casa ao ver sua esposa. Ele disse que não e afirmou que na sua casa era algo real; seu caso na rua era diversão, além disso, estava distante. Fiz questão também de dizer que desaprovava este modo de vida, ele ficou calado.

Resolvemos ir juntos à escola.

Chegando lá, fui direto ao assunto, na sala de atendimento perguntei pelo professor Danúbio.

- Aqui não tem este professor.

A resposta foi um jato d'água fria.

- Você tem certeza? Disseram que ele é um dos proprietários, preciso falar com ele urgente.

Veio em socorro da moça um senhor de nome Mauro e me colocou ciente que o PAdre, para eles professor Henrique, para nós Danúbio, dificilmente comparecia na escola, vivia mais em São Paulo. Olhei para o Jairo, ele sentiu minha cara de frustração e se antecipou a mim perguntando:

- Onde o encontramos?

- Fica no bairro Mariana, é um bairro muito conhecido, não sei o nome da rua, o nome da empresa é: Logo&Logo, faz transportes diversos.

- Se for a empresa que estou pensando, é cliente nossa. Obrigado, senhor, pela atenção.

O Jairo já conhecia, fiquei estarrecido; tão perto e nós fazendo aquela correria. Che gamos ao hotel com a decisão de mandar fechar a conta para voltarmos a São Paulo, o Jairo insistiu para ficarmos até a hora do almoço, depois subiríamos. Não tive como negar seu pedido, já me sentia como seu devedor.

Ao chegar do almoço, logo fechamos a conta, eram quatorze horas, claro, eu paguei. No almoço falei para ele sobre o diário do padre Danúbio.

- Jairo, vou lhe falar um pouco do padre. Eu li certa vez um pouquinho do diário de le. Ele tinha um diário onde anotava algumas coisas do dia a dia e o que o pessoal falava para ele no confessionário; acho que não anotava tudo, se assim fizesse, teria que ter um imenso livro. Tornei-me amigo do padre apesar de minha pouca idade, ajudei-o a arrumar as coisas para sua partida, embora já faça bastante tempo, me lembro muito bem de sua cara triste por estar indo. Acabei tendo acesso a determinadas coisas íntimas dele, óbvio que ele não viu, o que me chamou mais a atenção foi o diário de confessionário, este diário ficou na minha cabeça por longos anos. Lá ele relatava algumas confissões, não todas; assustei-me quando tomei par de alguns pecadores, principalmente de pessoas importantes, até então imaginava que essas pessoas eram perfeitas, pois assim se mostravam. Não li muitas páginas, tinha temor que o padre me visse bisbilhotando suas coisas, acredito que ele não perdoaria minha indiscrição. Mas quem não tem curiosidade em abrir coisas secretas, agora pensa, ver um diário secreto de um padre seria descobrir segredos jamais imaginados, como pude ver.

Foi coisa muito rápida, mas o suficiente para saber da paixão de dona Ruth e dos pecados de muita gente importante; e olha, como já disse, que eu imaginava que esta gente fosse sempre muito certinha, pois assim elas se mostravam, tinham aparência, eu tinha um pouquinho de dúvida. Gente que vive no meio de política eu sempre enxerguei com um pé atrás, desde menino, e isto já faz tempo, mas tinha ali também pessoas distante deste negócio de política. Passei meus olhares também sobre alguma coisa de dona Rosemeire de Cássia, acho que era mulher do prefeito, que mulher safada, estava pleiteando uma vaga no partido para sair como candidata a deputada estadual, fora sozinha à cidade de Vitória para uma reunião do partido, queria convencer seus colegas, estava lá no diário do padre: "eu fui inocente, não era minha intenção trair meu marido, mas estava na reunião em Vitória, acabou a reunião todos estavam com muita fome, o Alcebides me chamou para jantar e ai aconteceu". Eu não sei quanto tempo ela terminou as rezas que o padre lhe deu como penitência, era reza demais. Duas coisas eu sempre me perguntei, por que tem que se confessar a um padre?; outra é, como pode os pecados serem perdoados através dessas rezas decoradas? Hoje cresci e compreendo que pecados a gente tem que confessar a Deus, padres são seres iguais a todo homem e rezas decoradas não apagam pecados.

Bom, sobre os segredos do padre Danúbio contarei depois que localizar o diário. O que posso afirmar é que o padre tem coisas de arrepiar no seu diário; afinal é o diário de um Padre, e um diário se guarda a sete chaves, de um padre talvez setenta chaves não dê.

Capítulo V

Outra expressão

Acabei chegando em casa próximo das cinco horas da tarde. Fui direto para casa, tinha certeza de que se eu passa-se na clínica me atrasaria para chegar em casa. A Lúcia ainda não tinha chegado, geralmente chega, no máximo, às dezessete e trinta. Desde que nosso primeiro filho nasceu, ela modificou totalmente seu horário de trabalho. Nossos filhos vão à escola às oito da manhã e saem às cinco, e ela faz questão de ir buscar. Chegar em casa é maravilhoso, mas eu não estava confortável, quando minha mulher chegasse ia me perguntar se foi tudo bem, e por que cheguei antes. Afinal, não fiquei dois dias inteiros como falado. Tinha que arranjar uma desculpa.

Não demorou e o barulho do carro acusou a chegada da Lúcia, corri para o banheiro, estava meio encabulado na minha casa, não tinha ainda acertado as coisas na minha cabeça, achei que seria muito impacto já me encontrarem em casa, acreditei que eles me encontrando no banheiro diminuiria o choque.

-Querido, que bom, você já chegou!

-Sim, é uma surpresa!Gritei já embaixo do chuveiro.

As crianças batiam na porta. Fiquei emocionado, estava muito sensível, realmente sentia que algo acontecia comigo, mas não identificava o quê. Desliguei ligeiramente o chuveiro, não me sequei direito, coloquei uma roupa rápido, nem a camiseta vesti, fui ao encontro de minhas crias e de minha adorável esposa. Minha esposa não perguntou nada, isto me deixou menos preocupado.

Quando a noite chegou, digo, a hora de dormir, nesta noite eu tinha que levar Lucia ne para dormir, eu e Lúcia fazemos sempre o revezamento. Contei historinha, quando vi que minha filha já estava quase dormindo, soltei a mãozinha dela, ela abriu os olhinhos e disse: "Papai, precisamos falar com Papai do céu". Eu realmente tinha me esquecido de orar com ela, ela fez questão de se sentar, pegar minha mão e orar. Minhas lágrimas brotaram... Quando já dormia, saí bem devagarzinho do seu quarto. Lúcia ainda estava no quarto do Rodolfo, tive vontade de ir lá, mas recuei.

Depois de uns quinze minutos, Lúcia saiu do quarto, ria, dizendo que ele estava muito agitado, pois ficar brincando com o pai desde às cinco e meia de quarta-feira foi demais. Ficamos conversando até tarde. Da minha viagem ela não perguntou nada, porém me trouxe ao conhecimento que o nosso pastor estava querendo falar comigo. Não fiquei preocupado com isto, sei que ele ia me cobrar minha presença nas reuniões nas quais eu era responsável, mas, sinceramente, eu estava querendo passar esta obrigação, já tinha feito bastante, estava na hora de outro assumir.

Dormi pouco, não eram cinco da manhã e já não tinha mais sono. A pergunta que veio à minha mente era "Que horas eu marcaria para ir à igreja falar com o pastor?". Realmente eu já tinha decidido ficar mais disponível, achava também que lá tinham pessoas capacitadas para fazer o que eu fazia. Fiquei neste pensamento até me levantar.

Quando me levantei, Nilza já estava colocando a mesa do café e ouvia baixinho uma musica evangélica. Fingi que não a vi e fui acordar Rodolfo, ele dormia "pesadamente", e Nilza entrou para fazer o mesmo. Cumprimentei-a e deixei a tarefa com ela. Ao voltar para sala de café, minha esposa reclamou comigo, dizia que levantei muito cedo. Realmente foi muito cedo.

A rotina foi a mesma. Fiz questão de levar os dois para a escola, já que não tinha compromisso pela manhã e o pessoal da clínica sabia que eu voltaria hoje, entretanto, não sabia a hora. Resolvi ir à igreja, às quintas-feiras, geralmente pela manhã, o pastor está lá, queria logo definir esta situação. Chegando lá, o pastor realmente já estava. Ele me recebeu com alegria.

- Pastor Carlos, tudo bem?

-Olá Roberto, que surpresa!Soube que estava viajando, foi tudo bem?

-Sim, fui, soube que me procurou.

- Então, você está muito sumido, mas vamos conversar no gabinete.

Vi que a conversa ia ser longa e teria que aturar, uma vez que ele já me conhecia a tempo e era a autoridade maior daquela igreja. Na sua sala, chamada de gabinete pastoral, tinha uma garrafa de café e uma pequena geladeira. Tomei um cafezinho com ele e voltamos ao assunto.

- Então, você está muito sumido, há pouco tempo vinha à igreja duas, três vezes na semana, não o vejo mais, só aos domingos e sai rápido, não conversa, não toma conhecimento dos fatos da igreja como antigamente. O que está havendo?

-Nada pastor, só trabalho; estou trabalhando um pouco mais.

-Mas nem as reuniões que você fazia, seu grupo está abandonado, o Luiz vem dando uma força, todavia não é a mesma coisa, e além do mais, ele tem muita outras coisas a fazer aqui.

-Pastor, sou vice-presidente do departamento social, cuido também do planejamento de ajuda ao próximo e ainda sou professor da escola dominical, o senhor não acha que é muita coisa? Sei que não tenho tido tempo como antes e isto tem aborrecido a direção desta igreja. Este é o motivo que me traz aqui, quero pedir para o senhor arranjar alguém para colocar no meu lugar em todos os departamentos.

-Não Roberto, não é isto, quero que você continue nos cargos.

-Não pastor, não tenho tempo.

-Roberto, fica então com departamento social. Você conhece muita gente, tem boas ideias para nossas festas e consegue donativos melhor que todos.

-Não, posso até colaborar, mas sem compromisso.

Está foi minha decisão. O pastor não gostou, mas não me importei, aqueles com promissos estavam sem sentido na minha vida. Ao sair dali tinha também tomado uma decisão: ia chamar a Lúcia para fazer uma viagem neste final de semana só para não ir à igreja. Sei que ela ia me pedir algumas explicações sobre a minha decisão de abandonar minhas funções na igreja, mas esta era decisão definitiva.

A caminho do trabalho, Laura me chamou pelo celular; achei estranho, pois ela as be que não deve ligar para mim se não for algo muito sério.

-Pronto Laura, pode falar.

-Dr. Roberto, o senhor vai chegar a que horas?

- O que aconteceu?

-Desculpa eu lhe telefonar, só liguei porque sei que o senhor vai gostar. Sabe aquele pessoal da TV, o pessoal que lhe ofereceu um projeto para aparecer no programa dando consulta? Está querendo falar com o senhor o mais urgente possível.

-Fez muito bem, esta é uma boa notícia, já estou chegando aí.

Realmente esta foi uma ótima notícia. A minha secretária realmente me conhece. Nossa clínica vai ser responsável em responder perguntas de pacientes sobre diversos assuntos, isso claro, vai trazer muito mais pacientes novos. Se for confirmado, vou ampliar as instalações e o quadro de médicos. Chegando à clínica, a primeira coisa que fiz foi ligar para a direção do programa.

- Oi Sampaio, aqui é o Dr. Roberto, você me procurou?

- Sim, podemos conversar?

- É só marcar.

- Que tal amanhã às dezoito horas aqui.

- Confirmado, estarei aí.

Estava viajando em pensamento, imaginando-me na TV, quando Laura bateu na porta, já me trazia o relatório do acontecido na minha ausência, disse também que meu cunhado me ligou. Imaginei ser Godofredo, mas não era; quem me ligara foi o estudante de detetive, o Jurandir, tinha me procurado duas vezes; mas meu pensamento estava voltado para o programa da TV.

-Laura, mande levantar a satisfação dos pacientes de nossa clínica e ligue para a nossa assessora de imprensa, peça para vir aqui amanhã às nove horas. Hoje, no final da tarde, quero falar com você e com o financeiro juntos.

- Dr. Roberto, o Dr. Mário não vem à clínica desde que o senhor viajou.

-Mas o que aconteceu? Bom, deixa isto, resolvo mais tarde.

Antes mesmo de tomar conhecimento de todas as providências adotadas na minha ausência, meu cunhado estava ao telefone novamente, não queria atendê-lo, mas não foi o que fiz.

-Fala Jurandir...

-Você sumiu, nem pude lhe falar que já estou exercendo a profissão de detetive particular.

-Mas, já?

-Sim, me destaquei no curso, já tenho até a carteirinha, documento reconhecido pela associação. Aproveitando, seu amigo nunca nos procurou, lembra? Você falou que ele queria descobrir algo de um padre.

-É verdade, não tenho falado com ele, mas acho que já resolveu.

-Ele poderia ser meu primeiro caso, me dá uma força?

-No domingo falaremos sobre isto, ok?

Às vinte horas fui para casa, o trânsito ainda estava o de sempre. Não adianta res mungar, o normal de São Paulo é transito engarrafado; depois das vinte horas pode ter um engarrafamento menor, mas não é possível notar, o nosso desejo de chegar nos impede de perceber. Diante disso, via pessoas reclamando, eu, na verdade estava pensativo, não ligava para o transito naquele dia, buscava uma explicação para minha mulher em relação ao meu desligamento dos cargos que desempenhava na igreja, e imaginava a reunião que teria no dia seguinte com os homens da TV, talvez por isto achasse aquele trânsito sem problemas.

Quando cheguei, as crianças ainda estavam me esperando, suas brincadeiras real mente eram um relaxante, mas não demorou e me chamaram para dormir. Eu olhava e sentia Lúcia querendo me fazer perguntas, naquele momento imaginava que ela não fazia por causa das crianças. Mas a nossa hora de dormir também chegou e ela não me fez nenhuma pergunta. Mesmo assim, fiquei desconfiado de que ela já sabia do meu desligamento das funções da igreja.

Pensei muito na cama e cai no sono, porém acordei cansado, parecia que carregava um peso nas costas. Achava que para me sentir melhor precisava contar a Lúcia as coisas que me aconteceram ontem, antes de ir para o trabalho.

-Lúcia, você sabe que conversei com o pastor e entreguei todas minhas obrigações, todas aquelas funções que ficavam sobre minha responsabilidade?

-Eu desconfiava que você fosse fazer isto e só esperava uma oportunidade. Já faz al gum tempo que você está muito descuidado com as coisas da igreja, negligente com as coisas de Deus. Espero que pelo menos você continue indo à igreja. Além disso, outrora íamos duas a três vezes, hoje temos ido aos domingos. Mas é importante também lhe dizer, e você sabe o que vou falar: ir à igreja só não basta, temos que andar com Deus, têm pessoas que quando estão em dificuldade procuram Deus e vão à igreja frequentemente, quando se encontram fortes começam a ir por obrigação, com o passar do tempo vão raramente.

-Nossa, que sermão, Lúcia. As crianças não vão à escola?

-Elas não terão aula, é dia do professor.

-Tem mais uma coisa que preciso lhe dizer, querida: a nossa clínica foi convidada para dar respostas em um programa matinal de TV. Claro, quem vai estar lá sou eu. Isto vai nos trazer projeção.

-Mas Roberto, não é melhor você ficar nos bastidores e mandar uma pessoa de sua confiança responder? Este negócio de aparecer na TV expõe muito.

-Você tem razão em parte, mas se eu mando alguém da clínica e depois ele nos deixa, pode levar aqueles que vieram por causa do programa. Ainda não sei como vai funcionar, hoje teremos uma reunião às dezoito horas para me inteirar da proposta. Não me espere, não sei que horas chegarei.

- Muito cuidado, Roberto!

- Terei...

Ainda bem, estava tudo em paz, apesar de minha mulher não ter gostado muito da ideia de eu aparecer na TV.

Foi um dia longo, estava ansioso por causa do encontro, a hora parece que não Chegava. O dia teve um alento melhor pelo telefonema do Jairo me lembrando que tínhamos de ir ao encontro do padre Danúbio. Realmente tinha chegado à conclusão que não findara em mim o desejo de encontrar o padre, mas aquele dia não seria possível.

Cheguei à emissora às dezoito horas em ponto. Nossa reunião durou em torno de duas horas. Trouxeram uma proposta esdrúxula, queriam que eu pagasse pela aparição da clínica um valor como comercial digno de programa das oito da noite, horário nobre; por pouco não me levantei e fui embora. Só não fiz devido à intervenção da diretora comercial que pediu para verificar a proposta reservadamente e se retirou. Interessante que a proposta tinha vindo dela. Eu, o diretor do programa e o senhor Batista, especialista em mídia, continuamos a reunião. Argumentei que tinha vindo ali com a intenção de não gastar dinheiro, no entanto, daria uma contribuição ao programa sabendo também que não receberia por isto. O senhor Batista argumentou:

- Dr. Roberto, procure entender que a televisão é, antes de querer informar, é um vei
culo que cria desejos nas pessoas. Você já imaginou quantas pessoas irão à sua clínica, já imaginou isso financeiramente? Temos outros médicos que adorariam estar ocupando este espaço, mas colocamos alguns critérios e sua clínica e sua postura nos interessam, apesar de você ser uma pessoa desconhecida para a imensa maioria que verá este programa.

Enquanto ele falava, imaginava aquelas palavras na prática. Confesso que acredita
va em seus argumentos, além do mais, eu estava ali também na busca de recompensa financeira; apesar de saber que eles não iam me pagar nada, do mesmo modo, não esperava ter que pagar alguma coisa, mas os deixei terminar seus argumentos enquanto pensava.

-Com certeza, Dr. Roberto, sua vida não será a mesma depois que o senhor estiver no ar. Claro que tudo vai depender do seu desempenho, mas vejo que tem condições de alcançar o objetivo. Esta é uma grande chance para obter fama, repito, tudo vai depender do seu desempenho.

Antes de minhas ponderações, começou falar o diretor do programa, Sr Martins, e me surpreendi. Eu tinha curiosidade de saber como eles me descobriram, mas não perguntei. No entanto, mais adiante, com certeza, iria perguntar; ele me deu a informação antes mesmo de indagar.

-Dr. Roberto, o senhor já esteve diante de uma câmara de TV para falar com alguém que está do lado de lá? É isto que vai fazer. Precisa de um aprendizado, teremos que fazer programas piloto e algo mais. O senhor tem este tempo, não é?

-Isto não será problema.

-Quando o Jairo me falou do senhor, eu ia apenas incluir seu nome em numa lista que tenho para fazer testes, mas visitei outros estabelecimentos médicos semelhantes ao seu, e o que mais gostei foi o seu, por isso fiz aquela primeira entrevista lá e captei aquelas imagens. Tenho certeza de que o senhor será sucesso, agora, muito cuidado com a fama; sabendo desfrutar dela ela se torna ótima. Temos dois espaços para ocupar no novo projeto do programa, um de seis minutos e outro de quinze. Acho interessante o de quinze porque poderíamos fazer algo mais amplo, além da matéria externa, o senhor poderia trazer as novidades da medicina e responder dúvidas, o que acha?

-Acho bom, mas terei que abandonar minha clinica para trabalhar na TV, se não fizer isso, não terei tempo para criar pauta e buscar matérias.

-O Senhor não vai buscar matérias, uma equipe fará isto; o senhor só vai apresentá-las como se fossem elaboradas pelo apresentador. Duas vezes por semana o senhor estará ao vivo respondendo às perguntas, perguntas estas preparadas pela equipe antecipadamente e lhe entregue antes do dia do programa. Essas perguntas podem ser de ouvinte ou não, a principio não serão, mas serão citadas como se fossem. Não se assuste, nem tudo o que aparece na TV é aquilo que está sendo mostrado. Para ganhar audiência vale tudo. Criar curiosidade é a regra, levar ao desejo é o caminho. É nesta linha que vamos trabalhar. Não estamos com isto criando um novo jeito de fazer TV, pois é assim que toda emissora de televisão comercial trabalha. Ela trabalha para atrair audiência e seduzir publicidade.

Minha cabeça estava "tonta", realmente não imaginava minha participação assim. Achei que sentaria em uma cadeira e responderia perguntas. Na proposta apresentada, eu seria um médico reporte apresentador de TV. Confesso que gostei da ideia, estava empolgado, porém inseguro; e ainda parava sobre minha mente esta do Jairo me indicar, este sujeito me surpreende a cada ação. Por que nunca me falou tal coisa? Bom, deixe-me voltar à reunião.

-Senhores, aceito. Confesso que estou empolgado com o desafio, mas não imaginava que minha participação seria assim. Contudo, precisamos chegar a um acordo financeiro. Não acho justo haver custo para mim, uma vez que terei um trabalho que vai tomar grande parte do meu tempo. Minha proposta é: coloco a clinica à disposição para gravações, podemos até produzir matéria lá, compro setenta e cinco inserções no mês para anunciar durante o dia, em qualquer programação, o produto que eu quiser.

Já estava na sala a senhora Juliana, a diretora comercial, porém se mantinha calada. Acho que me precipitei com minha proposta, talvez pudesse fazer algo melhor, mas estava empolgado com a idéia de ser um homem de TV. A diretora comercial aceitou de imediato a minha proposta, fez poucas ressalvas, apenas a questão do tempo e dia para as setenta e cinco inserções. A minuta do contrato não demorou a aparecer, e eu nem levei para meu advogado olhar, coisa que geralmente faço quando vou assinar qualquer contrato. Logo depois de tudo acertado, o produtor do programa marcou para fazermos um programa piloto na semana seguinte.

Sai do encontro radiante, existia em mim a certeza de que estava agora a um passo do sucesso, minha clínica iria atingir o reconhecimento perante a multidão; tinha agarrado esta oportunidade como um presente, eu não esperava. A partir de agora, tudo só dependia de mim.

Cheguei em casa próximo de onze horas da noite, as crianças já dormiam, minha ES posa assistia TV. Contei tudo o que me aconteceu, ela achou interessante, até gostou por mim, mas no fundo vi nela um ar de preocupada, parecia querer me dizer algo, no entanto ficou calada, e não esqueceu de me dizer que seu irmão Jurandir me procurou. Nesta hora fui para o banheiro tomar um banho e fiquei a pensar no Jairo. A primeira coisa que faria no dia seguinte seria telefonar para ele.

Capítulo VI

Outra essência

A minha chegada na clínica foi às oito horas, naquela manhã não tive contato com meus filhos, sair antes deles acordarem. A Laura já se encontrava lá, o seu olhar demonstrava um desejo enorme de saber como foi a reunião na emissora de TV, algo natural. Preferi seguir nossa rotina, depois de resolvida todas as pendências, contei-lhe resumidamente sobre a reunião. Ela se mostrou mais feliz que minha mulher, outra vez vi nela uma aliada de grande valia, pois me fascinava seu grau de otimismo e de torcida por mim. Ela realmente tornava as coisas na minha cabeça mais fáceis.

Aquele momento me trouxe conforto, pude ver com clareza que Laura, além de minha funcionária direta, era também uma pessoa que ficava feliz com minhas realizações. Antes que minhas ideias se organizassem, o telefone tocou, era o Jairo.

- Roberto, você sumiu, tem alguns dias que não nos falamos, muito trabalho?

- É verdade, Jairo, muito, muito trabalho mesmo. Eu ia lhe ligar hoje. Que história é esta de você me indicar para televisão?

- Indicar para quê?

- Você não me indicou para Martins Arruda, diretor de TV?

- Sim, Roberto, ele me perguntou se eu conhecia algum médico que fosse desemba
raçado, bem informado e tivesse boa presença, aí lhe indiquei. Ele é meu amigo do Rio, o
cara vive mais na ponte aérea que aeromoça. Ele o visitou?

-Sim, e fechei um contrato com a emissora dele. Vou apresentar uma pauta médica
em um programa. Minha participação será de três dias na semana com duração de uns
quinze minutos.

- Indiquei você, mas não esperava que alguém fosse procurá-lo tão rápido, nem me
lembrei. Que bom, cara! Então você vai virar artista. Neste caso, sou seu agente, não é?

-Verdade, mas não vai ganhar nada, pois eu também não receberei.

-Vai trabalhar de graça?

-Terei que usar um meio para aumentar o faturamento da clínica através deste pro
grama, se assim eu conseguir, ganharei.

-Compreendi, vai fundo, você merece, é gente boa. E o padre? Sabe mais de alguma
coisa?

-Não, tenho andado muito envolvido com este novo projeto; mas não desisti, ainda
posso contar com você?

- Claro, cara. Também tô querendo lhe falar algo. Lembra daquela menina que esta
va saindo comigo, não é? Pois bem, ela quer me deixar e o negócio está meio esquisito.
Vamos almoçar hoje? Preciso conversar com alguém de confiança.

-Ok, nos encontraremos às treze horas no mesmo local.

Apesar de minha agenda está lotada, não poderia negar um pedido ao Jairo; este su
jeito tem me ajudado muito.

Fiz várias reuniões com o corpo da clínica, tentei mostrar que estávamos próximo de
um estrondoso aumento de pacientes; apesar de estar tendo um custo individual alto, ia
colocar todas as minhas forças neste projeto. Desta reunião, surgiu que diminuiríamos o
número de consultas para plano de saúde, nosso objetivo seria o particular; estipulamos
novo valor da consulta e meta de faturamento. Desta vez, fiz questão que a Laura acompa-
nhasse a reunião, pois ela acompanharia o projeto e verificaria se as metas estavam sendo
alcançadas, apesar de o Cesar ser o gerente administrativo da clínica. Ela me mostraria o

acontecido do dia a dia e ele me passaria o balanço contábil e perspectiva de aumento de faturamento. Estava tão empolgado que ordenei ao Cesar dar andamento na construção do projeto que tínhamos começado, porém se encontrava parado. Era uma obra ao lado do prédio atual que ofereceria o dobro do espaço físico; ali terá salas para cirurgia de pequeno porte e para outros procedimentos. Já era próximo das treze horas quando terminamos a reunião, aí que me lembrei do almoço com o Jairo.

Foi uma festa meu encontro com o Jairo, realmente me sentia muito bem estar ali com ele. Ele é um cara formidável, não vê dificuldade em nada. No entanto, seu semblante indicava que algo não normal estava acontecendo. Mas foi ele quem fez a primeira pergunta.

-Diga aí, cara, como está este negócio de TV?

- Então, meu amigo..., acho que a estréia se dará no início do mês. Hoje ficaram de me mandar o primeiro material. Devo ir lá amanhã, às três horas, para mais uma reunião com a produção e marcar para fazer um ou dois programas piloto. Você me botou nesta e não me avisou. Fiquei surpreso, por que não me disse nada?

-Nem me liguei que deveria lhe falar, mas imagine que queria fazer uma surpresa. Ajudo sempre esse pessoal de TV, porém encontrar talento não é minha especialidade. Raro uma TV que não tenho acesso, pois somos sempre chamados para fazer algo por eles, desenvolvemos alguns sistemas que suprem algumas necessidades deles.

O papo estava se estendendo, o almoço já tinha sido servido, e eu ainda não tinha conversado com ele sobre o assunto que o fez me telefonar. Na verdade, eu estava querendo ser discreto, mas não teve jeito, tive que falar; se não tivesse agido assim, acredito que íamos embora e ele não falaria nada.

-Jairo, você disse que queria falar algo comigo.

-É mesmo, cara, mas não é nada demais. Vejo você com o semblante de preocupação, se for por isso, desencana, meu. É só uma novidade que tenho para lhe contar: Lembra daquela menina que lhe falei, não é? Pois é cara, acho que ela quer um compromisso mais sério comigo, e olha que falei que era casado. Na verdade ainda sou, pois minha separação legal, acho que não lhe contei, acabou meu casamento, não dava mais, cada um foi procurar o seu melhor, como ia dizendo, minha separação legal ainda não saiu, mesmo essa menina não sabendo disso, esta semana me convidou para ir à igreja onde freqüenta; eu até concordei em ir, mas não vou entrar, aguardarei no estacionamento.

-Mas por que você não quer entrar?

-Você me desculpe, sei que frequenta igreja também, mas, sinceramente, não sei como vocês acreditam em tudo que um homem de gravata fica falando. Por que ele acha que sabe mais que eu?

-Você é católico, Jairo?

-Todo mundo é católico. O sinônimo desta palavra é universal, portanto, posso dizer que sou. Admiro toda religião, aliás, gosto delas, mas não me dizem nada. Vamos mudar de assunto que isto não vai nos levar a nada. Diga-me, você já sabe o dia de sua estréia na TV?

-Não. E esta sua namorada, você está apaixonado? E sua mulher?

-Ela é um arraso! Gosto dela e ela de mim. Ela sempre me disse que ia à igreja aos domingos; eu não me importo, o que eu não quero é que ela deixe de gostar de mim. Quanto à minha mulher, levo a vida normal, cada um na sua, já me separei mentalmente.

-Será que o pessoal da igreja sabe do romance desta garota com você?

-Não sei cara, nem entro nessa de alguém saber. O que busco é prazer, a vida foi fei ta para se ter alegria, ser feliz é o que importa, quando não se tem felicidade é porque está se vivendo errado.

-Jairo, eu não tinha pensado nisso. Mas é uma verdade, não se tem alegria quando se vive errado. Bom, meu horário se esgotou, queria ficar mais tempo conversando com você, mas tenho que ir.

-Quando você estrear na TV vai sair comigo para comemorar? Prometo levar um

presente.

-Claro que sim, e não se esqueça do presente.

- E a história do padre? Ela foi quem me levou a lhe conhecer, você vai abandonar?

- Não posso continuar com o mesmo ímpeto atrás do padre, mas quero continuar a busca desta história, são coisas de minha infância e curiosidades da vida. Com certeza os segredos do padre Danúbio serão desvendados e contarei depois aos curiosos como eu.

Posso afirmar que o padre tem coisas de arrepiar no seu diário, afinal, é o diário de um Padre. Um diário se guarda ao menos com duas chaves, de um padre tem que ser com muitas chaves.

Voltei para a clínica, já eram mais que quinze horas, chamei a Laura para adiantar os afazeres, pois não saberia como seria meu tempo do dia seguinte, mas aquela frase do Jairo não saía da minha cabeça: "a vida foi feita para se ter felicidade, quando não se tem é porque está se vivendo errado". Laura me mostrou algumas sugestões para o programa e se dispôs a me acompanhar quando preciso fosse, mesmo que tivesse de viajar. Cada dia via nela algo mais, além é claro, de sua beleza, mas mantinha distância.

Capítulo VII

Caminho letal

Ao chegar em casa percebi novamente minha mulher aborrecida. Este seu jeito estava me enfadando há algum tempo, piorou depois que passei a me integrar à equipe da TV, mas meu momento não permitia pensar nisso e nem discutir relacionamento doméstico; eu vivia um novo idealizar de vida e não queria sair deste foco, era um momento único. Levemente sobressaía na minha imaginação que ela não gostava de me ver realizando sonhos, por incrível que pareça, isto me fornecia energia, o meu querer tinha mais força. Nossas crianças já estavam dormindo, ainda bem, assim poderia descansar um pouco mais e me preparar psicologicamente melhor para o dia seguinte. Eu e minha esposa mal conversamos naquela noite, mas ela fez questão de me indagar a que horas eu entraria no ar no programa. Informei e lembro ainda dela me perguntando se poderia contar comigo para o almoço de domingo na casa de sua mãe, respondi que veria isso mais à frente. Confesso que não estava disposto a ir, dispensei o jantar daquela noite e fui me deitar, não tinha fome e estava muito mal-humorado com ela.

Dormi pouco, a noite demorou a passar, vivia a expectativa do grande dia, sim, era minha estréia. Fui tomar um banho. Lúcia e as crianças já estavam à mesa tomando o café, dei um oi para elas. Foi um banho rápido, demorei um pouco mais em me trocar. Meu café foi apenas um cafezinho e nada mais, dei um beijinho nos filhos e os deixei com a mãe.

Saí direto para a TV. No caminho, Jairo me ligou desejando boa sorte, disse ainda que minha amizade valia mais do que eu imaginava, e não esqueceu de expor sua frase preferida: *"a vida foi feita para se ter felicidade*, e adicionou: muita alegria, *quando não se tem é porque está se vivendo errado"*. Afirmou também que eu estava preparado para o sucesso, só que eu não poderia sair do foco, e acrescentou: pelo sucesso se faz sacrifício também. Confesso, não sei por que me falou essas coisas, mas fiquei contente em sentir sua preocupação. Eu realmente estava tendo outra alegria na vida e estava conseguindo ver a vida diferente, aprendendo coisas novas, era um momento muito especial.

O programa teria partes ao vivo e partes com gravações. Eu já tinha gravado alguns programas adicionais que foram testes, estes me deram base para ter domínio diante das câmeras. No entanto, quando o apresentador me chamou, minhas pernas "tremeram", porém disfarcei bem, fui me soltando aos poucos. No intervalo, falaram-me da medição da audiência, foi o bloco de maior pico. No segundo bloco, eu iria responder perguntas e fazer alguns comentários. Eram tantas questões que ficou difícil selecionar, mas foi ótimo. Fiquei ansioso para acabar logo o programa, o sucesso era real, porém queria ver os comentários.

Logo após o programa, o primeiro telefonema que recebi foi o de minha secretaria, ela ficara encantada com o meu desempenho; minha esposa me ligara a seguir me dando os parabéns, mas não tinha brilho, era o meu sentimento, senti naquele momento que meu casamento já não era como antes; interessante, não fiquei chocado com aquela percepção. Saí da emissora e fui direto para a clínica. Quando lá cheguei, já tinha aumentado o número de atendimento para marcar consulta, foi constatado que muitas pessoas que ligavam pediam para atender através de convênio. Já tínhamos diminuído as vagas para este tipo de atendimento, a tendência era acabar de vez. Diante da grande procura, observamos também muitos pacientes de outros estados.; constatamos ao mesmo tempo que um bom número de indivíduos tinham condições de pagar pelo atendimento mais qualificado. Fiz uma reunião de emergência com o corpo da clínica para buscarmos uma solução. Chegamos à conclusão que deveríamos investir em equipamentos de ponta para fazer exames e pessoal bem qualificado. Tudo isso custaria mais, entretanto, traria segurança e condições de cobrar um valor autêntico perante aquilo que tínhamos imaginado. Foi o que iniciamos imediatamente.

Lembrei-me em uma hora qualquer que ninguém da família da minha esposa tinha me ligado para comentar o programa. Enquanto pensava sobre isto, meu telefone tocou, era o Jairo.

- Não liguei antes porque sei que você estava recebendo elogios, não queria atrapalhar.Já sei, foi um sucesso, o pessoal da emissora já até me agradeceu. Não ria, é isto mesmo, afinal, foi eu que descobri o talento em você.

- Jairo, você é demais. Lógico que tenho motivo de sobra para lhe agradecer.

-Cara, somos amigos. Você não me deve nada. O que quero é que você saia conosco hoje e pague a conta... Para comemorar, certo?

-Vamos sim, algumas pessoas da emissora irão conosco. Aonde vamos? Eu não tenho costume de sair à noite, quando saio vou à pizzaria com a família.

-Cara, você agora é uma personagem da mídia, tem que circular mais, tem que se mostrar, atrair notícias, compreende?

-Vou pensar nisso. Hoje levarei minha secretaria... Nem precisa imaginar algo, não tenho nada com ela, essa moça foi muito importante nesta minha nova empreitada.

-Cara, eu compreendo, leva sim. Espero que ela se dê bem comigo.

Eu ainda não tinha chamado a Laura, havia receio em mim de que ela não aceitasse. Estava ainda imaginando um jeito de chamá-la quando ela bateu na minha sala, antes mesmo que ela me falasse algo, fui direto.

-Laura, eu vou jantar com uns amigos para comemorar nosso sucesso na TV, quero que você vá conosco?

-Que honra! Claro que irei. Dá para eu ir em casa me arrumar melhor?

-Não, você já está ótima. Vamos daqui mesmo, temos ainda muita coisa a fazer e já passam das dezoito horas. Mas antes, vou ligar para minha esposa e dizer que não sei que horas vou chegar. Abra meu computador no sistema financeiro. Quero ver também o número de consultas particular marcadas. Vou circular um pouco e falar com a dona da casa, já volto, pode ficar aí.

Claro que tive uma forte discussão com a Lúcia. Ela achou um absurdo eu sair com outras pessoas para comemorar o início do programa e não com a família. Mas veja você: Tá certo eu levar minha mulher a lugares de comemoração com pessoas que ela não conhece? Acho que não. Um dia eu pensei que não havia nada de mais, mas hoje penso diferente; sei que há pessoas que pensa como eu pensei um dia, as respeito, mas não compactuo. Eu e minha mulher, tempos atrás, éramos como uma só pessoa, mas compreendo agora que somos pessoas diferentes, ela precisa compreender isto também. A vida muda, temos que avançar. Eu respeito o trabalho dela e ela tem que respeitar o meu e pronto. Eu vou sair sim, não faz sentido eu entrar em paranóia e não me realizar, afinal, a vida foi feita para se ter felicidade.

Quando voltei à minha sala, Laura já tinha executado o que eu pedi. Fez-me saber de outras coisas e foi buscar um cafezinho. Logo a seguir, saiu para retocar a maquiagem, nosso horário já tinha se estendido bastante.

Desliguei os celulares e partimos. A Laura deixou o carro dela no estacionamento da clínica. Chegamos um pouquinho mais de vinte e uma horas no local combinado. Fomos recebidos com muitas palmas. Fiquei encabulado. Um champanhe foi estourado e gritaram meu nome. Fui envolvido por vários abraços, eram novos amigos que surgiam, pessoas felizes me trazendo grande felicidade.

Um novo patrocinador do programa tinha reservado um espaço à parte do salão para nossa festa naquela noite. O Jairo, quando chegou, foi direto onde estava havendo a festa, parecia que sabia. Uma coisa ficou bem clara, ele realmente tinha amizade com o pessoal da TV, pois logo depois de me dar os parabéns, dirigiu-se a eles e demonstrava bastante intimidade.

Já eram duas da manhã. Estava eu, o Jairo, a Laura e uma amiga do Jairo, com nome de Paula, ele a encontrou por lá e ela acabou ficando com a gente. Havia poucas outras pessoas no restaurante. A Paula tinha um sorriso maravilhoso, era bela mesmo, e sabia que era, mas sua beleza não era apenas bela, tinha algo mais. Eu a olhava e me perguntava, de onde saiu esta mulher? Sinceramente, estava fascinado, mas tentava disfarçar. Olhava para Jairo, queria ajuda, mas ele estava em um bate-papo alegre com a Laura. Nesta condição, acabei observando que os dois já tinham feito as pazes, cheguei até a provocá-los.

-Jairo, você não tem mais ressentimento da Laura?

Ele e ela riram, foi ela quem adiantou em dizer.

-Dr. Roberto, foi tudo um mal-entendido.

Rimos bastante aquela noite, fomos embora muito tarde. A garota amiga do Jairo não saía de minha cabeça. Nos despedimos com dois beijinhos, seu cheiro " ficou" na minha mente. A Laura parece que notou. Quando nos levantamos para irmos embora, ela insistiu em me dizer que eu poderia ficar e me divertir. Disse que pegava um taxi. Fiz questão de levá-la em casa e falei que mandaria o motorista da clínica buscá-la para levá-la ao trabalho no dia seguinte, pois seu carro estava na clínica. Cheguei em casa já era próximo das quatro da manhã, e a garota não saía da minha mente. Minha mulher me esperava na sala, disse que estava preocupa e me perguntou se queria comer alguma coisa. Respondi que não, e ainda, o que queria mesmo era tomar um banho. Ela notou que eu cheirava a álcool e me disse que eu estava indo longe demais. Fingi que não escutei e fui tomar um banho. Não tivemos mais papo, pois quando deitei, ela não se encontrava no quarto. Logo dormi, não a vi deitar.

Acordei mais tarde. Encontrei com a Nilza, nossa empregada; como já disse, a Lúcia tem enorme consideração por ela, arranja uma briga com quem mexer com ela. Não sei por quê, mas eu não gosto mais dela, acho que ela sempre quer me dizer algo. Deu-me um cafezinho e disse que minha esposa pediu para esperá-la. A Lúcia já levara as crianças para a escola, eu tinha certeza que ela estava indo para o seu trabalho igualmente. Não era projeto meu esperá-la, vesti-me rápido e saí. No caminho, lembrei que não tinha mandado o motorista pegar a Laura. Liguei para ela que me avisou que estava aguardando. Pensei em ir buscar, mas preferi mandar pegar um taxi por conta da clínica.

A semana passou rápido demais, e foi muito boa. Realmente, esta foi uma semana que ficará na minha história. A clínica teve um faturamento estrondoso, abandonamos os contratos com plano de saúde, passamos a atender só consultas particulares. Eu já era conhecido como o Dr. Roberto da TV em alguns lugares, tudo por causa do programa e do meu desempenho, claro. Chegara à conclusão de que tinha nascido para isto, a TV me fascinava. Eu ainda não ganhava dinheiro com ela, mas ela fez a clínica ter outro perfil de atendimento. Ao fazermos as análises daquela semana, enxergávamos um cenário muito promissor para nossa empresa e para mim na TV. Tudo corria muito acima do que um dia planejei. Tinha ganhado novos amigos, vivia cheio de novidades, porém a situação em casa estava insuportável. Ir para casa era chato e me deixava infeliz, o inverso de outrora. Lamento mesmo esta situação, há pouco tempo a coisa em casa era tão boa, hoje me acho meio excluído.

Já era sábado, apesar de ter chegado de madrugada novamente, acordei cedo e saí antes da Lúcia se levantar. Temos três pessoas que trabalham na nossa casa, mas só uma e mais a Nilza trabalham aos sábados, ninguém tinha chegado. Fui à empresa de TV acertar detalhes para a semana, minha participação no programa era terça, quinta e sexta-feira, gosto de deixar tudo bem organizado e com antecedência. Porém ao chegar lá, recebi um convite para dar uma entrevista no programa que ia começar às nove e meia da manhã, pois um convidado avisou de última hora que não viria. Achei melhor participar, não era este meu projeto, mas não poderia dizer não para aquela gente legal. Assim que terminou, estavam registradas no celular duas chamadas de minha mulher e uma da Paula; achei estranho ela ter meu telefone, mas confesso, fiquei balançado, não resisti, liguei para ela.

-Oi Dr. Roberto, esteve muito bem, aliás, como sempre.

Demorou a cair a ficha. Ela estava vendo a TV e me assistiu. Fiquei meio como criança ao ouvir seus elogios, perdi o fôlego.

-Obrigado, Paula, mas como você conseguiu meu telefone?

-Por quê? Não gostou de minha ligação, me desculpa.

-Não, adorei. Na verdade queria até lhe conhecer melhor.

-Quanto ao número de telefone, foi o senhor quem me deu. Não se lembra que disse que eu poderia ligar para nos conhecer? Ficarei no seu aguardo.

Não me lembro que tenha dado meu número para ela e nem que tenha falado tal coisa, mas acho difícil alguém inventar algo assim. No entanto, imagino que se tivesse falado não teria sentido eu estar tão encabulado, pois estava sentindo meu rosto quente diante do que acabara de ouvir. Ligar para ela será uma dificuldade que terei que ultrapassar, sentia que a alegria do amor estava brotando na minha vida novamente.

Já a caminho de volta para casa, Jairo me ligou dando-me os parabéns e dizendo que eu já tinha virado gente da TV, a fama já estava me alcançando e era para eu ficar firme que muito mais iria acontecer.

-Jairo, você assistiu?

-Sim, sou seu descobridor, preciso acompanhar.

-Você parece que sabe de tudo, meu amigo! Olha, a Paula me ligou. Fiquei de perna bamba... Não ria.

-Eu não queria lhe falar nada, mas ela gostou de você, agora você tem que agir.

-Jairo, eu sou casado.

-E daí, o importante é ser feliz. A esposa é mãe de nossos filhos, mas não nos traz diversão. Você está bem no seu casamento? Esta é a pergunta que tem que se fazer, e mesmo se tiver, os homens precisam de algo mais.

-Meu amigo, acredito que você já desconfiou, não estou como antes no casamento.

-Cara, faça como eu! Essa coisa de casamento tem o tempo certo de acabar, pode ser que o seu tempo tenha acabado. O que é melhor de tudo isso é que um novo amor começou a brotar para você... Liga para Paula.

-O que ela faz?

-Trabalha em um banco, cuida da tesouraria.

-Vou pensar, mas quem sabe...

Jairo está sempre aparecendo na hora certa, tem sido um amigo e tanto. Por incrível que pareça, depois que o conheci muita coisa mudou na minha vida.

Ao chegar em casa, as crianças estavam com minha mulher na piscina. Entrei sem eles notarem, troquei de roupa e fui ao encontro deles. A alegria foi total, minha mulher não falou do meu sumiço, era muito discreta quando as crianças estavam por perto, mas senti que ela estava transtornada pela minha saída sem nada dizer. O silencio foi quebrado quando a minha filha, Luciane, perguntou:

-Papai, você não beijou a mamãe. Você não gosta mais dela?

Fiquei sem fala.

-Minha filha, vamos tomar um suco?

Tive que sair do ambiente e fazê-la esquecer tal pergunta. Quando retornei, minha mulher chorava disfarçadamente e logo saiu dizendo que ia providenciar o almoço.

No domingo fomos à igreja. Já fazia bem mais de um mês que eu não ia. Fui recebido como se fosse um artista e todos compreenderam minha falta. Do púlpito, o pastor da igreja me anunciou e me elogiou pelo desempenho que eu estava tendo na TV; não me trouxe nenhuma reclamação pelo meu sumiço, pelo contrário, chamou-me para sentar ao lado dele lá no alto, o que fiz com prazer.

Quando terminou o culto, boa parte da igreja veio falar comigo. Minha sogra, que eu não via há algum tempo, ficou de longe com algumas pessoas, sua filha e as crianças me aguardando. Ela não me deu muita bola, parecia que estava aborrecida comigo, mas não me destratou. Depois de mais ou menos uma hora, fomos embora para o almoço de domingo. Lúcia não deixava transparecer que nossa vida a dois não caminhava como outrora, acho mesmo que tinha chegado ao fim, pois aquele ambiente não estava mais me trazendo felicidade.

O almoço foi o de sempre, aquela coisa de família. Eu estava com muita vontade de chamar minha esposa para irmos embora, todavia não queria ficar sozinho com ela, não saberia o que lhe dizer, minha mente tinha uma porção de pensamentos e nenhuma conclusão bem definida. Estava só assistindo televisão quando veio sentar ao meu lado o Godofredo, cunhado que trabalha na diretória de um banco, e sua esposa Viviane, ambos me agradeceram pela força que dei quando passaram pelo momento difícil e me perguntaram se eu estava precisando de ajuda. O Godofredo disse que eu estava distante e não via em mim o Roberto de sempre.

-Meu amigo, é bobagem sua, sou o mesmo, só ando cansado.

-Não Roberto, eu o conheço faz anos, sei que tem qualquer coisa errada, tem algo se apagando em você. Desculpa, mas dentro dessa sua correria, você tem tido tempo de se alimentar da palavra de Deus? Você sabe que este é o único alimento que nos dá sustento para uma vida segura. Você tem convivido com o povo que busca Deus? E sua vida espiritual, você tem cuidado dela, está tudo bem?

-Não há nada de mais, tudo vai bem.

Conversamos mais um bom tempo. No entanto, mudamos de assunto, pois aquele papo de se meter na minha vida espiritual não me satisfazia; nem o pastor levantou dúvida sobre isto, como um simples membro de uma igreja queria chegar a este ponto, e o pior, ele é membro de outra igreja.

Enfim, a hora passou, tivemos que ir. Eu temia uma conversa séria com minha um lher a respeito das coisas do nosso cotidiano, preferia manter silêncio, mas sabia que a qualquer hora teria que tomar uma decisão mais definitiva. Não a via mais como mulher, mas como a mãe dos meus filhos.

E a noite chegou, as crianças foram dormir, não tive como escapar.

-Roberto, precisamos conversar, você não acha?

-Sobre o quê, Lúcia? Você reclama muito, fiquei todo o dia de hoje com vocês.

- Não, Roberto. É algo mais sério. Olhe nos meus olhos e responda: o que fiz para perdê-lo. Fui omissa em alguma coisa, onde eu errei?

-Eu não quero conversar sobre isso, Lúcia.

-Mas eu quero. Tenho necessidade, não posso continuar assim. Sei dos meus limites e tenho consciência de quem sou. Me cuido, sem falsa modesta, sou uma mulher bonita, nossa casa é bem administrada, nossos filhos... não preciso nem dizer. Você não pode dizer que sou desleixada, apesar de trabalhar fora dou conta de tudo. Onde foi que eu te perdi? Nunca lhe faltei com carinho, até aqui procurei ser sua ajudadora em todos os sentidos. Se quiser se separar de mim, terei que aceitar. Mesmo porque, você hoje não é o homem com quem me casei e até pouco tempo atrás vivia comigo. Eu continuo amando aquele homem e hoje prometo lutar para destruir o que se apossou de você e o levou para outra seara.

-Mulher, deixa de bobagem, sou o mesmo. Você é que não me compreende mais. *Na hora veio na minha mente o que o Jairo me falou "-Meu amigo, faça como eu,*

essa coisa de casamento tem o tempo certo de acabar, acredito que o seu tempo acabou."

-Lúcia, sinto que meu trabalho na televisão a incomoda e isto criou em você um pensamento torto a meu respeito, só quero paz.

-Roberto, você sabe que não é nada disso, até a nossa filha já notou. A Bíblia diz que o amor não acaba, ele pode esfriar, mas não acaba. Você confia no que a Bíblia diz?

-Lúcia, eu prefiro dormir, amanhã ou outro dia falaremos sobre isto.

-Eu sei, Roberto, que nós não vamos conversar mais sobre isso, mas vou repetir a você o que lhe disse: "Eu continuo amando aquele homem, e hoje prometo lutar para destruir o que se apossou de você e lhe transformou" . Decida a sua situação, eu já decidi a minha. Vou dormir no outro quarto, mas quando você precisar estarei perto de você. Meu coração está dilacerado, a minha dor é muito profunda, mas isso não me impede de lutar. Talvez você esteja surpreso comigo, pensou que eu iria quebrar o pau com você e dá mais munição ao diabo. Não!Tenho conhecido a verdade, sei que ele veio para roubar e destruir,

mas tem conhecido de que aquele que veio para destruir a obra dele e é nesta fé que ven-
cerei.

-Lúcia, não sei por que você fala assim. Eu também tenho fé, você se acha melhor
do eu?

-Boa noite, Roberto. Então reflita o que você aprendeu e compare com sua vida a-
tual. Mas tome uma decisão séria.

Fiquei meio atrapalhado com as palavras da Lúcia, não consegui ter uma boa noite
de sono, queria levantar e sumir, mas não tive coragem. Levantei como se nada tivesse
acontecido. Disse para Lúcia que ia levar as duas crianças para escola. Esquematizara o-
cultamente que a caminho contaria as crianças a minha decisão. Apesar da pouca idade de
ambas, teria que explicar para elas que eu iria morar em outro lugar. Quando falava isto
para elas, o Rodolfo parecia que compreendia, não disse nada, mas Luciane não deixou
por menos.

-Papai, o senhor vai morar em outro lugar não é por causa do seu trabalho, eu sei. O
senhor não gosta mais da mamãe. Olha papai, o senhor vai se arrepender, nossa mãe é a
melhor mãe do mundo.

Não lhe disse nada. Puxei conversa como meu filho, ele continuou calado, só falou
comigo ao descer do carro.

-Pai, é triste saber que o senhor vai embora. Eu pensei que quando a gente se casava
era por toda a vida. O senhor realmente não gosta mais da mamãe? Será que não teria um
jeito da gente fazer para o senhor gostar dela novamente?

Engoli seco, respondi com a mesma inocência, mas ele insistiu.

-Vamos ver isto meu, filho.

-O senhor promete?

-Claro.

-Olha, o senhor prometeu.

Ele desceu, um vazio se apossou de mim, meus dois filhos iam ficar para trás. Eu
não tinha outra alternativa. Logo à frente parei o carro, entrei numa cafeteria, pedi um café, me pus discretamente em um local isolado. Lá não pensava no futuro e nem no passa-

do, também não tentava ver o presente. Estava anestesiado, só me dei conta de mim quando o telefone tocou, era o meu amigo Jairo.

- E aí cara, como foi o final de semana, encontrou com a Paula?

-Meu amigo, estou mal. Decidi me separar, foi um final de semana de stress.

-No início é assim, mas você tem tanta coisa para fazer que daqui a uns dias nem se lembrará que foi casado, pode acreditar.

-Mas o que aconteceu que você me ligou tão cedo?

-Intuição, achei que você precisava de mim. Brincadeira, cara. Estarei viajando da qui a duas horas e meia aos Estados Unidos, ficarei cinco dias lá, é a trabalho. Se precisar de mim, é só me chamar, me ache tá?

-Obrigado, Jairo. Mas vou ter que encarar essa só.

-O que não tem jeito, ajeitado está. Portanto, encare e vá adiante. Chame a Paula pa ra sair, vá numa festa. O que você não pode é ficar sofrendo. Todo casamento tem um tempo para durar.

-Você acha que ela vai aceitar?

-Ela não falou que está lhe esperando?O que você quer mais?

-Você tem razão.

-Estou atrasado, tenho que ir. Seja feliz, um abração. Você vai chegar lá, você já é dos meus, me ache, tá?.

É isso mesmo, tenho que resolver já esta situação, o que não posso é continuar infe liz.

Fui até ao Jardins, aluguei um apart-hotel e passei na clínica, participei minha situa ção à Laura, pedi para me manter informado, mas que resolvesse alguma coisa sem minha presença. Cheguei em casa sabendo que a Lúcia não estava. Chamei a Nilza, falei que es tava me separando. Ela disse que já sabia. Pedi para me ajudar a arrumar alguma coisa que depois eu voltaria para me acertar com a Lúcia.

-Dr. Roberto, o senhor não está normal. Lute contra isto, família é projeto de Deus, sua família é maravilhosa. Vi seus filhos nascerem, tenho acompanhado toda esta idealiza ção. A dor que sinto vendo isto se desfazer é indescritível, a dona Lúcia é tão maravilhosa, uma mulher exemplar...

-Para de chorar e falar ao mesmo tempo, deixe-me só, eu me viro...

-Tá certo doutor, mas queria lhe falar algo, vou à cozinha e já volto.

Nossa, a mulher não parava de chorar, tomara que se esqueça de mim. Eu estava tão tranquilo, ela estava me infernizando. Mas não teve jeito, depois de uns quinze minutos ela reapareceu.

- Dr. Roberto, me desculpa, tenho-o como alguém muito especial. Foi aqui na sua casa que tive exemplo de família, foi aqui que aprendi tantas coisas. Vou lhe confessar uma coisa, creio até que o senhor sabe, trabalho aqui mais pelo amor que tenho a vocês, pois quando precisei, recebi todo apoio de vocês, não sou ingrata. Hoje poderia me dar ao luxo de ficar em casa cuidando de outras coisas, mas quero ver primeiro suas crianças virarem adultos, esta é a minha meta na sua casa. Outra coisa muito importante ainda preciso lhe dizer: o senhor sabe que eu sirvo verdadeiramente a Deus; claro, tenho os meus defeitos, mas quem não tem? Porém, não tenho prazer no pecado, eu e meu marido assim procuramos viver. Doutor Roberto, há algum tempo que vejo a luz se apagando no senhor.

-Nilza, chega! Somos todos iguais, uns com mais defeitos outros menos. Sei que vo cê e seu marido gostam muito da gente, mas não fica assim. O que ocorre hoje é que tomei uma decisão radical, minha mulher estava me atrapalhando, já faz tempo que a coisa anda estranha. Vou lhe confessar o que ocorre realmente: eu não a amo mais.

-O amor pode esfriar, mas não caba, doutor. Se a gente não vigiar o que está ocor rendo ao nosso redor, somos tragados, e quando notamos já estamos no buraco. O senhor conhece bem a história de Saul, o primeiro rei de Israel. Este homem recebera de Deus um privilegio que ele e sua família jamais imaginaram. Assim como ele conhecera a palavra de Deus, o senhor também a conhece; ele optou por fazer a própria vontade, abandonou o ensino da segurança, e quem abandona esta palavra vive em estado de rebelião, este peca do é como pecado de feitiçaria. O final da vida dele o senhor conhece.

-Você está me julgando, é isto mesmo?

-Não, mas estou lhe falando algo muito sério. O senhor abandonou a Palavra do Deus da vida, palavra esta que dá a verdadeira vida. Quem sai desta palavra fica vulnerável, esta palavra é espírito e vida. Saul tinha tudo para continuar ocupando uma posição de privilegio, porque o Espírito de Deus habitava nele, mas Deus retirou este Espírito dele. Reflita, ele conhecia Deus, mas queria fazer as coisas dentro do seu conceito, abandonou a

Palavra de Deus. Uma pessoa vazia é preza fácil do mal. Desculpa, mas vejo o senhor neste caminho. Se arrependa e abandone esta ideia, este caminho o levará à decepção profunda. A decisão é sua, mas leve o que lhe falo a sério. Deus só tem compromisso com quem tem com Ele.

-Mulher, você está totalmente equivocada. Vou lhe pedir uma coisa, dê um abraço no seu marido e me deixe só.

-Doutor, o senhor não vai refletir no que lhe falei?

- Nilza, eu também conheço a Palavra. Não ache que é melhor do que os outros. Já lhe falei: estou buscando o melhor para mim, ou você acha que Deus quer o pior para mim? Me desculpe, mas tenho que ir.

Se eu continuasse ali, não ia embora hoje. Não liguei para Lúcia informando de minha decisão, acho mesmo que ela já esperava isto. Só fiz às treze horas, hora que ela geralmente pára para almoçar.

-Lúcia, fui embora de casa como você queria.

-Não quero acreditar nisso. Eu jamais desejei isto, esperava ter um tempo com você em casa para mudar esta situação. Não tenho condições de falar agora com você, minha dor me sufoca, estou indo para casa; mas uma coisa ainda tenho condições de falar, eu escreverei uma nova história nossa, pode acreditar.

E assim acabou um casamento de quinze anos. Fui procurar uma nova vida onde um novo amor deveria, com certeza, encontrar.

Capítulo VIII

Mantos das trevas

Outra vez Lúcia afirmou que escreverá uma outra história nossa; não sei o que ela quer dizer com isto. Farei o máximo para não encontrar com ela nesses próximos quinze dias. Entretanto, ficarei com saudade das crianças, terei que encontrar um jeito de falar com elas sempre.

Estava eu novamente solteiro. Nunca pensei nesse fato, era estranho. Tudo aconte ceu muito de repente, todavia não existia tempo para lamentar; minha vida estava em outra rota, eu teria que encarar esta nova realidade. Pensava também como iria à igreja que sempre frequentei, seria muito estranho, teria que arranjar outra para ir aos domingos. Meus pensamentos se amontoavam sem ordem, eu não conseguia dominar. As interrogações eram muitas, tiravam-me o sossego. Uma dor de cabeça terrível passei a sentir, imaginei ser fome. O dia passou e esqueci-me de comer. Me arrumei, fui a um restaurante na rua onde agora estou instalado, era atípico jantar só em um restaurante, pela primeira vez me senti só. Vim andando pela rua vagarosamente, não tinha porque ter pressa. Pensei no Jairo, já fazia dias que não nos falávamos, fora aos Estados Unidos e até agora não me dera notícias, ele é uma boa companhia. Enfim cheguei em casa, minha nova casa, um novo projeto de vida se abria para mim. Até então tudo estava acomodado, o que continuava me perturbando era a dor de cabeça que não queria ir embora. Resolvi ir à farmácia , quando cheguei próximo da que vira antes de chegar em casa estava com as portas fechadas, porém quem passava por ali era o Martins, diretor do programa. Estacionou o carro e veio ao meu encontro; depois de alguns minutos acabei lhe falado da minha nova vida. Ele me disse que tinha se separado há dois anos também e estava muito bem. Convidou-me para sair, não quis, me sugeriu que tomasse uma doze de wísque puro que a minha dor iria embora. Acabei aceitando seu conselho, não tive outra alternativa. Apesar de saber que era uma bebida forte, ainda sim encarei as duas doses. Depois de todas essas novidades, terminei dormindo. Acordei por volta das cinco e meia da manhã, a televisão estava ligada.

Cheguei à clínica às sete horas, com certeza, acharam muito estranho eu já estar ali, até a Laura, minha secretária, ficou surpresa em eu chegar antes dela.

-É minha nova vida Laura, não se admire.

-Esqueci doutor, sua primeira noite de solteiro depois de quinzes anos não deve ter sido fácil.

-Diria que foi estranha, não estava afeito a fazer coisas que agora terei que praticar.

-Não sei o que posso fazer, mas conte comigo.

-Já, já eu acostumo. Ontem eu desci para ir à farmácia e encontrei o Martins, nosso diretor da TV, fez de tudo para eu sair com ele, se separou a dois anos, é meu vizinho. Tá vendo, já encontrei pessoas que vão me passar experiência. Tudo vai dar certo, só sinto falta das crianças. Mas nada posso fazer, terei que superar. Vamos ao trabalho!Ah!, O Jairo não deu notícia, você sabe alguma coisa?

-Não, quer que eu ligue para ele?

-Sim, quero.

-Doutor, hoje o pessoal daquela faculdade vem aqui às dezesseis horas para conver sar com o senhor.

-O que eles querem, adiantaram o assunto?

-Não, eu marquei porque o senhor quis recebê-los.

A hora passou muito rápido, chegou o momento do almoço, minha cabeça doía, na mesma proporção da noite. Fui almoçar com um dos nossos médicos, acabei sabendo que ele estava no segundo casamento. Logo ao chegar do almoço recebi o aviso que meu ex-cunhado Jurandir tinha me ligado, pedi para barrar qualquer procura dele, não tinha interesse sobre o porquê me procurava.

A semana já estava se findando, a nova vida já tinha se ajeitado para mim. A única coisa que estava me trazendo incômodo era a dor de cabeça, ora aparecia ora sumia. Um fato ficava claro, minha vida de novo solteiro estava me deixando vulnerável em relação às mulheres, mas até então não tinha saído com ninguém, a correria do meu dia a dia não me deixou tempo para isto, mas tenho que admitir que já olhava com interesse uma lá da TV, e era correspondido. Um novo contrato tinha acabado de assinar, agora com direito a uma bela remuneração, dinheiro este que não me fazia falta, mas não tinha porque abrir mão.

Estava com saudade do Jairo, já fazia mais de dez dias que ele sumiu, não deu mais notícia. Interessante também é que nesses dias não tive vontade de ir à igreja, mas pela televisão acompanhava sempre um culto, no fundo era como eu estivesse ido. Assim levava minha nova vida.

As notícias sobre meus filhos eu as tinha continuamente. Tive até a audácia de ligar para a Lúcia, ela me tratou com uma delicadeza digna de uma mulher superior. Disse para ela que tinha interesse de fazer uma visita, mas preferia deixar o tempo passar. Ela ouviu calada.

Recebia muitos convites para comparecer em festas, tudo isto por causa da televi são, e eu gostava; tinha certeza de que foi por isso que os formandos foram me procurar para ser paraninfo da formatura. Geralmente este convite se dá a alguém que significou importância no decorrer do curso. No meu caso, acho que não havia esta importância, mas a televisão tem isto, ela faz as pessoas acreditarem que somos importantes para ela; eu estava usufruindo desta glória. Em certo momento, esquecera até que era médico e tinha uma clínica para administrar, pois os convites para festas e recepções ocupavam grande parte do meu tempo.

Eu vivia esses momentos maravilhosamente, o que me deixava encabulado era a dor de cabeça, ela me pegou e não queria mais me largar. Fiz todos os exames, nada foi localizado, resolvi aprender a conviver com ela.

A noite passada foi terrível. Sonhei com o Jairo, ele ria para mim, no entanto, seu sorriso não era o mesmo que eu conhecera, seus olhos estavam fixados nos meus e dizia para eu ir encontrá-lo, pois eu fazia parte da vida dele. Levantei assustado, não consegui dormir novamente, fiquei preocupado. Cheguei à conclusão que o Jairo precisava de mim.

Chegando à clínica, procurei por ele através dos telefones, até para o Rio liguei; foi a primeira coisa que fiz, não obtive sucesso. Mandei a Laura descobrir seu paradeiro. Mais tarde fiquei mais perplexo com a notícia que a Laura me deu.

-Doutor, não encontrei o Jairo. Informaram-me que esta empresa já não existe há algum tempo. O celular, a atendente eletrônica informou que o número também não existe.

Realmente era muito esquisito. Lembro de suas últimas palavras "... Intuição, achei que você precisava de mim. Brincadeira, cara. Estarei viajando daqui a duas hora aos Estados Unidos, ficarei três dias lá, é a trabalho. Se precisar de mim, é só me chamar, me ache, tá?" Lembrei também dele dizendo "E aí, cara, como foi o final de semana, encontrou com a Paula?" Aqui está a resposta, esta menina deve saber algo. Na verdade, eu já tinha que ter ligado para ela, sou mesmo um bobo.

-Olá, é a Paula?.

-Sim, Doutor Roberto, estou aguardando este telefonema já faz tempo. O que me diz de novo?

-Tudo igual. Você pode sair comigo hoje, eu e uns amigos da TV. Menos gente que daquela vez, tudo bem?

-Claro que sim.

Era a primeira vez que convidava uma mulher para sair comigo, fiquei apreensivo. Aproveitei e chamei o Martins, ele aceitou de imediato, disse-lhe que uma moça iria se encontrar conosco lá; ele riu como se soubesse do porquê tinha o convidado, mas não disse nada.

Às nove horas o Martins me ligou.

-Vamos lá ao lugar que lhe falei, não é?

-Sim, você é que conhece. Já estou de saída.

Quando cheguei, Martins já estava lá. Foi ótimo, ele não estava só, duas amigas dele o acompanha. Eu tentava me distrair com eles; fingia, no entanto, aguardava ansiosamente a Paula. Às dez horas, eu já tinha tomado dois uísque, meu amigo me chama ao banheiro e me pergunta pela garota.

-Estou decepcionado, levei um bolo na minha primeira vez...

-Não se preocupe, eu estou com uma amiga da minha namorada, a trouxe pensando em você.

Antes de terminar de falar, o telefone tocou. A Paula estava me dando uma bronca, já me esperava a mais de uma hora. Eu tinha marcado com ela no endereço errado, pois dissera que seria no local do nosso primeiro encontro. Expliquei-lhe o equívoco e pedi que me esperasse, deixei meu amigo e parti. Ela compreendeu a confusão. Tive por obrigação acompanhá-la em alguma bebida. Não me lembro de mais nada. Só me lembro do dia seguinte, ela trazendo uma badeja de café na cama. A partir daí minha vida ganhou nova a-legria.

Quanto ao Jairo, ela disse que não sabia nada dele, não tinha a menor intimidade com ele. Na minha cabeça ainda permanecia a lembrança do sonho que tivera com ele. Achava sinceramente que o amigo precisava de mim.

Já na clínica, liguei para Martins me desculpando. Ele até brincou comigo, estava tudo bem. Na verdade, o que eu queria era saber notícia do Jairo.

-Dr. Roberto, este camarada esteve comigo duas ou três vezes, se é que estamos fa lando da mesma pessoa.

-Acho que este sujeito morreu, não o encontro já faz quase um mês, foi ele quem me indicou à sua TV.

- Tinha uma lista. Nesta lista, havia várias pessoas e seus indicadores. No caso o Jai
ro tinha lhe indicado. O senhor foi o premiado e nós os ganhadores, pois o senhor caiu
como uma luva no programa. É tudo que sei. Mas se ele morreu, posso ajudá-lo. Faço parte de uma comunidade, se você quiser ir comigo, quem sabe você pode descobrir.

-Irei sim, quando será?

-Sexta-feira próxima terá reunião.

-Fica marcado.

-Ok, eu passo na sua casa para pegá-lo às seis horas.

Encafifado fiquei, que reunião seria esta? Bom, para conhecer teria que ir, mas se
fosse algo secreto eu não poderia participar, se a imprensa descobre era um prato cheio
para aquele reporte que solta notícia sem checar toda a veracidade, e minha carreira como
médico apresentador de TV poderia correr risco. Este era o meu pensamento, porém estava
ansioso por este dia.

A dor de cabeça continuava me infernizando, às vezes eu tomava um remedinho. O
que me invocava nesta dor é que ela só me atacava quando estava sem fazer nada. Entretanto, ela nunca desaparecia por completo, mesmo nos momentos atarefados, sentia-a levemente, era como fosse um aviso: "estou aqui". Como já tinha feito todos os exames e
nada foi encontrado que a justificasse, cheguei à conclusão que poderia ser o abalo da minha separação, coisa que com o tempo sumiria, tinha realmente que aprender a viver com
ela.

A Paula já fazia parte da minha nova vida, apesar do pouco conhecimento, via nela
uma mulher atraente, e mais, parecia me querer muito bem.

O mês foi uma correria como sempre, porém a minha expectativa em saber notícias
do Jairo fez nascer em mim uma espécie de sentimento confuso, ora achava que o tempo ia
rápido demais, pois as coisas a fazer eram tantas que não o sentia passar, ora achava que o
tempo não andava, a sexta-feira não chegava. Pensando bem, acredito ser isso paranóia de
todos aqueles que querem sair da rota natural das coisas. O tempo tem o seu tempo, mas às
vezes queremos que seja regulado dentro do nosso afazer. Só o criador tem poder para isto. Que bobagem a minha, tanta coisa a fazer e eu aqui filosofando sobre o tempo. Enquanto pensava, o telefone tocou, não quis atender, era a Lúcia. Mas não teve jeito, ela li-

gou para a Laura. Minha secretaria pediu que ligasse para ela, era assunto de meu interesse e eu não poderia deixar de ligar.

-Oi Lúcia, você me ligou?

-Sim, por que você não quis me atender?

-Não, minha amiga, esqueci meu telefone no carro.

-Nossa, me chamou de amiga! É estranho ouvir isto de você. Olha, o tempo vai lhe mostrar o contrário, sou sua amiga sim, mais que isto, sou sua ajudadora, a mulher da sua vida. Roberto, não quero que você se esqueça que amanhã, sexta-feira, é aniversário de nossa filha. Já faz algum tempo que ela não o vê, seria bom você fazer uma surpresa para ela, buscá-la na escola, leva-la a uma lanchonete, sei lá, fazer algo para ela não o sentir distante. Nós vamos fazer uma festinha para ela no domingo na casa da mamãe.

- Ô Lúcia, obrigado, tinha me esquecido, ela sai às cinco, não é?

-Sim, às cinco.

-Estarei lá, não precisa ir,

-Sim, eu não vou. Mas não chegue atrasado.

Filhos é uma maravilha, e esta menina me encanta com seus pensamentos rápidos e suas sacadas; para sua idade acho demais...

Capítulo IX

Agente das trevas

Laura, não se esqueça de me lembrar, hoje tenho que ir à escola pegar minha filha às cinco horas, portanto não posso chegar atrasado. É aniversário dela, vou sair com ela.

- Doutor Roberto, o senhor me disse que nesta sexta-feira irá a uma reunião com o Martins.

- É mesmo, tenho que encontrar uma saída para ir aos dois lugares. Deixa como ES tá, marquei com ele às dezoito horas.

Não poderia deixar furo com o Martins, ele estava sendo gentil comigo, mas TAM bém não poderia deixar minha filha na escola, e seria horrível ter que ligar para a mãe dela e pedir o cancelamento da minha ida à escola.

Passei o dia tentando buscar uma saída, fiquei nesta dúvida. Às dezesseis horas e vinte minutos a Laura me avisou que tinha um compromisso com minha filha. Pedi para ela ligar para o Martins dizendo que tive um compromisso de última hora e não poderia ir com ele. Saí imediatamente e desliguei o celular.

De longe, via a ansiedade da minha filha na porta junto de uma monitora, estavam ela e mais quatro crianças. Quando Luciane me viu, tentou escapar da moça que cuidava dela. Eu observava, tentava me aproximar o mais rápido, ela veio correndo ao meu encontro, foi uma emoção enorme para mim e com certeza para ela, seus olhos estavam cheios de lágrimas.

-Papai, papai... Nem precisa de presente. Você é meu presente, você vai voltar para nossa casa?

Abracei a minha filha, ignorei a pergunta e fomos para o carro.

-Menina linda, aonde você quer ir? Hoje você é quem escolhe, vamos passear só nós dois.

-Então vamos ao shopping onde tem o parque da Mônica.

Lá fomos nós, era muita felicidade. Eu estava como uma criança grande querendo simplesmente brincar. Não pensava em nada, até mesmo a dor de cabeça que já fazia parte da minha rotina não a sentia. Estar com minha filha naquela situação de sem compromisso me dava a sensação de vida feliz. Mas como alguém já disse "tudo que é bom dura pouco" e foi isto mesmo. A Lúcia tinha o meu número particular e eu nem me lembrava. Ela não me ligou, mas passou uma mensagem informando que o relógio já marcava nove horas e avisava também que nossa filha ainda teria que fazer a tarefa escolar. Mas o dia seguinte seria sábado, porém não contestei, mãe é assim mesmo. Nossa filha, embora tão pequena, estudava pela manhã e dois dias na semana fazia inglês à tarde. Diante do argumento da mãe, fomos embora; eu levava duas bolsas de coisas que ela escolheu e eu tinha comprado com um prazer indescritível. Aqueles momentos pareciam um prêmio, porém, a vida esta-va estranha, e como carta marcada ela se modificou novamente. Ao avistar o meu carro, mesmo de longe, vi que algo tinha acontecido. Ele estava com a frente toda arrebentada, fiquei uma fera, até que apareceu o guarda. Minha filha chorava, tive por obrigação amenizar a situação por causa dela. Tentei fazê-la entender que tudo ficaria bem, mas no fundo eu estava muito irado, principalmente porque ninguém tinha visto nada. Chamei a companhia de seguro que mandou o guincho e levou o carro, fui de táxi. Lúcia me ligara, estava muito preocupada com nossa demora, mas compreendera a situação. Quando cheguei para entregar a Luciane, tinha intenção de ver também o meu filho, mas ele já dormia, nem o presente que comprei para ele pude lhe entregar.

Fui para casa com vontade de ficar. Estava com um gosto amargo na mente por deixar todos e caminhar em direção ao veículo que me levaria à minha casa atual. Entretanto, como uma voz, eu escutava "é assim mesmo, essas ocasiões apenas nos levam a lembranças, era para eu ter força e seguir minha nova vida". Neste momento eu me lembrei do Jairo... Ele afirmou que eu estava preparado para o sucesso, só que eu não poderia sair do foco, e acrescentou: *pelo sucesso se faz sacrifício também*. Cheguei em casa e a saudade dele apertou em mim. Quis ligar para a Paula, mas resolvi tomar um banho.

Antes de tomar o banho, liguei o meu telefone, tinha treze chamadas do Martins e um recado dele na secretária. Dizia que era para eu ligar para ele independente da hora. Foi o que fiz, estava no bar, me convidou para ir até lá. Como era perto de casa, fui caminhando. No caminho liguei para a Paula, ela não atendeu. Fui pensando na minha vida, estava de férias na TV, tinha vários programas gravados e eu fazia projeto neste sentido para o futuro. Mas brotou em mim novamente o desejo de ir ao encontro do padre, uma vez que me sobrava um pouco de tempo, todavia, agora eu não teria mais o Jairo, pois dele não tivera nem mais notícias. Quando me dei conta, já me encontrava no bar. O Martins, a Paula e outros me aguardavam. De lá só saí às três horas da manhã juntamente com a Paula, acho mesmo que ela quem me guiava, creio que tinha bebido demais. Mas lembro da promessa que fiz ao Martins, na próxima sexta-feira ir à tal reunião ver se descobriria algo do meu amigo Jairo.

No sábado, próximo do meio-dia, me dei conta que eu não tinha carro, foi aí que contei a história para Paula.

-Paula, já há algum tempo penso em comprar outro carro. Agora sinto que já deveria ter feito isso.

-Por que não fazemos isso hoje? Vamos lá!

-Sim, vamos. Mas neste final de semana vou depender de você, ou terei que alugar um.

-O meu é bem mais simples, mas está a disposição.

-Andei muito de trem, ônibus e a pé. Hoje tenho dinheiro sim, mas compreendo to
das essas coisas. Que ano é seu carro?

-2005

- Três anos de uso. Vamos lá, vou trocar o seu pelo mesmo modelo com ar e dire
ção, sendo que você dá o seu como entrada e eu pago a diferença, você topa?

-Eu não posso desprezar um negócio deste.

-Presente de aniversário.

-Meu aniversário é no mês que vem, você sabia?

-Então acertei, adiantei o presente.

A Paula só foi embora no final do domingo, estava feliz da vida e eu também. Ela
me trazia juventude, quando ia embora me deixava um vazio. Interessante é que eu nunca
lhe perguntei onde mora e nem sobre sua família, o que importa isso? O importante é ser
feliz.

Acho que já disse, mas vale a pena lembrar: dizem que segunda-feira é o dia inter
nacional da dor de cabeça, a minha confirmava isto, pois ela estava um pouco mais intensa
neste dia. Mas o dever me chamava, não poderia deixar de trabalhar por causa desta dor.
Cheguei à clínica depois das dez e meia, não saí nem para almoçar. Fazia parte dos meus
planos ir ao endereço do padre Danúbio, por isso queria adiantar tudo aquilo que dependia
de mim, não queria que algo me tirasse deste projeto. Mas para isto eu teria que descobrir
onde coloquei o endereço, lembro que o Jairo falou que ele sabia; como o Jairo sumiu, terei que descobrir, para isto...

- Laura, você sabe onde coloquei aquele endereço que trouxe de Santos quando fui
lá com o Jairo?

- O senhor não me passou, doutor.

-Quando você desocupar venha aqui na minha sala.

Esta vai ser a grande dificuldade, encontrar o endereço.

Quando o telefone tocou, levei até um susto, estava muito compenetrado no que fa zia.

-Fala, Laura.

-Lembrei-me de algo que o senhor me falou, lembro que disse que o tal padre agora era empresário.

-Venha aqui na minha sala.

-Sim, estou indo...

-Doutor, o senhor me disse que o padre agora tinha uma empresa de transporte e ou tros negócios. Lembro que achei graça do nome da empresa de transporte, mas não me lembro do nome neste momento, não esqueci do bairro onde está localizada, Mariana, mas do nome não me lembro.

-Sim... É isto. Procura na lista o nome das empresas de transporte, talvez nos lem bremos.

- Vou para minha sala, qualquer novidade lhe informo.

- Ok...

A minha agenda sempre foi muito lotada, como mudei alguns procedimentos e dele guei tarefas, vejo que meu tempo já não é tão apertado; a não ser quando estou gravando, esses dias, é muita correria, como não estou gravando, tenho tempo de novamente ir ao encontro do padre. Sinceramente, não estou tão empolgado como antes, porém, quando me lembro do diário dele fico a desejar. Acredito que daria até uma matéria para o programa, e creio que seria uma reportagem inédita "O desvendamento do diário de um padre".

Se o endereço não for descoberto, irei amanhã a Santos, pensava até em chamar a Paula, mas não deu tempo para terminar o pensamento, Laura já me trazia o nome e o en-dereço.

-Doutor Roberto... Foi o primeiro, Logo&Logo,transporte aéreo diversos.

-Levante para mim todos os dados e como consigo falar com um tal Henrique Her rera Danúbio, acho ser quem quero falar.

Fiquei no aguardo da busca que a Laura fazia para mim enquanto continuava dando andamento nas coisas. Mas depois que inventaram o celular, dificilmente alguém fica con-centrado sem ser interrompido. Era o Carvalho, da direção de programação da TV que eu trabalho, convidando-me para uma reunião. Ele não quis adiantar o assunto, estou curioso.

Já é final de tarde, nem me lembrei, estou sem carro.

- Entra Laura, o que me diz?

- Doutor, é difícil falar com o homem, mas usei seu prestígio como médico apresen
tador de programa. Depois disso, consegui falar com a secretária direta dele. Ela ficou de
conversar com ele e me retornar, porém me perguntou qual era o assunto. Disse ser pessoal, que vocês se conheceram ainda quando eram estudantes. Mais uma coisa, ele não se
encontra na cidade.

- Bom trabalho, ficarei no aguardo. Como está a documentação do carro que com
prei?

- Amanhã deve estar emplacado, já acertei com o nosso despachante, foi paga taxa
de urgência.

- O que é taxa de urgência?

- Coisa do custo Brasil. Eles cobram uma taxa para adiantar a documentação.

- Absurdo isto! Agende o dia da reunião com o Carvalho e me avise com antecedên
cia.

- Sim, doutor, estou indo. Tem mais alguma coisa?

- Não, pode ir. Vou ligar para a Paula e pedir para me pegar aqui.

- O motorista está aí, ou eu lhe dou uma carona.

- Se você quiser me levar, eu prefiro ir com você.

Não demoramos. Enquanto ela dirigia, eu observava a cidade. Naquele momento ES
tava sem pressa, coisa rara no meu dia a dia, mas já era noite. A noite me levava ao caminho da solidão, o afazer de minha casa era sem brilho, eu sempre tinha que procurar algo
para melhorar minha noite, neste caso, eu sempre me socorria no bar do Onofre. Mas esta
atinava ser uma noite diferente. Quando Laura encostou o carro, vi o da Paula, ela estava
na minha casa.

- Oi amor da minha vida, já ia lhe ligar. Vim direto do trabalho, queria fazer uma
comidinha para nós.

Nossa, aquelas palavras me trouxeram uma alegria imensa, há quanto tempo não via
uma panela no fogo.

- Paula, eu não tenho nada para cozinhar, só coisa de micro-ondas.

- Mas eu trouxe. Vou fazer um frango xadrez com legumes fresquinhos, está tudo cortadinho.

Foi uma noite maravilhosa, a Paula veio me completar. Falamos até sobre o Jairo, ele vem sempre à minha lembrança. Como já falei, muito do que estou vivendo devo a ele. Ele me deu coragem para ter uma vida diferente, nem sei se é melhor que a que levava, mas posso dizer que neste momento está sendo maravilhoso. O ruim desta nova vida é que quando não se tem nada para fazer, chega também uma necessidade de encontrar algo, como se fôssemos pessoas incompletas, mas vamos levando, não desistir é o lema . Dentro de tantas coisas que conversamos, me espantei quando Paula me falou que a agência do banco que ela trabalha já foi assaltada quatro vezes este ano e ela estava assustada. Talvez por isto, como tinha uma amiga na Europa, estava pensando em passar uma temporada por lá. Mas antes me convidou para viajar com ela, ia entrar de férias, acabei nem lhe perguntando o lugar.

Às nove horas da manhã, Paula foi embora. A rotina se repedia, um vazio se apoderava de mim, era como se minha vida fosse dependente dela. Este sentimento era semelhante à paixão, mas não era paixão; isto não que dizer que eu não estivesse apaixonado. O sentimento que eu sentia era medo de perdê-la, mas eu não tinha motivo para isso. Ela realmente me trazia o complemento que eu tanto buscava.

Como sempre, a minha amiga dor de cabeça não me largava; sim, ela já virara amiga, esta foi a solução encontrada para eu não viver irritado. Ela se mostrava mais forte às manhãs, parecia que queria declarar a mim "olha eu aqui".

Era um momento que eu vivia na expectativa de saber o dia em que o padre Danúbio iria me receber. Uma coisa me apoquentava, como chegar ao diário dele? Eu lembrava de alguma coisa, viajava no meu mundo de adolescente, época distante, período inesquecível. Minha lembrança foi cortada, era minha ex- mulher me ligando, atendi com temor, não era típico dela me ligar, e pela manhã, era mais ainda assustador. Foi confirmada minha suspeita, meu filho estava internado. Pedi para o motorista do táxi mudar o destino, fui direto ao hospital. Meu coração se entristeceu profundamente. Liguei para minha ex- mulher, tentei, queria saber algo antes de chegar lá, ela não atendeu.

Depois de quarenta minutos cheguei ao hospital. A Lúcia estava na sala onde ele se encontrava, mas não no quarto, ele dormia.

- Que aconteceu?

- Meningite, segundo diagnóstico aparente.

Como médico, tive acesso aos colegas, eles tinham acabado de receber os exames, e foi confirmado. Assustei-me, mas vi que a situação estava solucionada.

-Lúcia, não se preocupe. Ele terá que ficar três dias aqui, mas sairá muito bem. Como está nossa pequena?

-Bem, só assustada. Nós nunca passamos uma situação desta. Ela está em casa com a Nilza.

- Vou telefonar para ela, mais tarde eu venho aqui.

Peguei outro táxi e fui para a clínica, era meu projeto permanecer lá até a hora do almoço e ir para o hospital ficar com meu filho. Cobrava-me isto, pois eu já estava sendo um pai ausente no dia a dia, acho que era o mínimo que poderia fazer. Mas não deu, eu tinha uma palestra marcada com os alunos de uma escola. Não era costume abrir minha agenda para isto, mas o meu amigo Martins tinha me pedido, sua irmã era a diretora e pedira para ele me convidar. Eu acabei aceitando e agora ficara preso a este compromisso. Fui à tal reunião a contra gosto, saí de lá quando faltavam dez para às dezenove horas, porém pude ter certeza de como nossas escolas são carentes. Deste modo, estava alegre por ter dado um pouco de contribuição para aquela gente que lotou o pátio da escola para me ouvir. Falei sobre minha profissão, a medicina, mostrei como é importante estudar, fiz questão de frisar que estudar vai além da sala de aula, tem que haver interesse do professor e do aluno, e a família é quem faz isto acontecer. Não sei se importa relatar isto, mas se sua família não lhe fez pensar assim, seja aquele que faz a diferença.

Cheguei ao hospital às vinte e uma hora. Lúcia tinha ido em casa e a Nilza se encontrava no lugar dela. Cumprimentei-a friamente, o Rodolfo dormia. Fui conversar com a enfermeira chefe e ela me passou para o médico, ele já me conhecia, conversamos um pouco, estava tudo normal. Voltei à sala, soube que Lúcia estava a caminho e minha filha tinha ido para casa da avó.

Eu ainda estava dependendo de táxi, já tinha chamado o mesmo que me trouxe ao hospital; quando estava esperando, a Lúcia apareceu e se ofereceu para me levar. Confesso que gostei da ideia, mas uma voz me dizia para eu não aceitar. Por coincidência, naquele momento, senti que minha dor de cabeça sumiu. Tá certo que durante o dia ela é amena, mas não comentei sobre isso com a minha ex- esposa. Despedi-me dela e fui de táxi mesmo, este me levou direto ao bar do Onofre. Lá estava o meu amigo Martins, não me lembro de mais nada. Quando acordei no dia seguinte, estava em um hospital tomando soro. Disseram-me que estava em observação, pois tinha desmaiado e eles estavam investigando para descobrir o problema. O pessoal do hospital me conhecia, já tinham ligado para minha casa, eles não sabiam que eu tinha me separado, mas não conseguiram falar. Localizaram minha secretária, que chegou acompanhada com o Dr. Gustavo. Logo recebi alta, não localizaram nada. Neste caso quem ganha a fama é o stress, sim, quando você chega ao hospital e não descobrem nada em você, a resposta é conhecida, "você anda muito estressado, precisa parar um pouco".

O Martins me ligou logo que saí do hospital, foi ele quem me levou. Disse que ficara preocupado, mas achou que eu tinha outro problema. Não era de médico que eu precisava, fez-me prometer de ir com ele à reunião de sexta-feira. Lá eles poderiam me ajudar. Prometi novamente que iria, ele fez questão de dizer "é amanhã".

Capítulo X

Frutos das trevas

Tinha três dias que eu não recebia nem um telefonema da Paula. Liguei várias vezes e também só deu caixa postal. Resolvi ir ao banco, aproveitei para estrear meu novo carro. Chegando ao banco, estava um ambiente estranho. Toda gente da gerência tinha sido trocada, fui até um caixa e perguntei sobre a Paula, ele me informou que tinham sido demitidos todos que tinham cargo de confiança, achei estranho. E agora? Como saber notícia dela, pois não tinha como encontrá-la; dela, só tinha o número do telefone celular e algumas peças de roupa na minha casa. Pensei em voltar ao banco e tentar descobrir seu endereço, mas mudei de ideia. Considerei em ligar para o Godofredo, ele trabalha na diretoria deste banco. Desisti, não convinha ligar para um ex-cunhado e saber como localizo uma funcionária deste banco, ou querer saber o que está havendo. Acabei indo para a clínica, fui recebido como se estivesse doente. Tive que dizer que estava bem, muito bem, na dúvida era para perguntar ao doutor Gustavo.

Entrei na minha sala junto com a Laura.

- Doutor, o senhor está bem mesmo?

- Claro.

- Eu desmarquei tudo que estava programado na sua agenda. Sua ex-esposa telefo nou e disse que seu filho já recebeu alta e já está em casa. Mandou lhe dizer que se o se- nhor quiser vê-lo é só ir, o menino o aguarda.

- Obrigado, esta foi uma boa notícia. Estarei indo agora.

- Não esqueça, amanhã Martins o espera, disse que passará na sua casa às dezoito horas.

Saí imediatamente da clínica ao encontro do meu filho, eram quinze horas.

Quem veio me receber no portão foi minha filha. Que alegria, parecia que estava chegando de viagem.

Mas às sete horas comecei a ficar inquieto, uma luta interna começou em mim, co mecei a ouvir vozes "aqui não é mais sua casa". Fui ao banheiro, joguei um pouco de água no rosto para aliviar a tensão. Minha ex-esposa, discretamente e docemente me levou até a cozinha.

- Roberto, você precisa de ajuda. Não quero vê-lo deste jeito, seu aspecto não é o mesmo.

-Bobagem, Lúcia. Agradeço pela preocupação, você continua muito gentil. Mas, me arranje um comprimido, estou com uma dor de cabeça insuportável.

Lúcia chamou a Nilza e mandou providenciar o remédio. Ela não demorou e já trouxe até o copo com água, mas antes se ofereceu para orar por mim. Recusei, sou médi- co, sei o que é espiritual e o que não é. O que estava acontecendo poderia ser até algo psí- quico, eu estava muito desgastado. Primeiro foi sumiço do Jairo, agora a Paula, não sei nem onde mora e não conheço nenhum de seus amigos. Para engrossar esta lista, meu filho fica doente ao ponto de ficar internado. É lógico que tudo isso traz um desgaste emocional muito grande.

Não demorei em sair, vim embora. Era como novamente estivesse saindo para uma viagem, porém não raciocinava sobre volta. Sentia no fundo da alma que aquela família era a minha, mas eu a dispensava sem saber por quê. Lúcia continuava uma mulher admirável e meus filhos, esses nem teço comentário; além de tudo isto, tinha todo um passado. Mas fazer o quê, este era o meu destino. Fiquei neste pensamento alguns minutos, no entanto, o abandonei logo que cheguei ao semáforo; resolvi tentar falar com a Paula mais uma vez. Chamou até cair na caixa postal. Uma coisa eu percebi claramente, a voz que sussurrava no meu ouvido "aqui não é mais sua casa" só desapareceu depois que eu estava a caminho de minha casa atual. Mas não queria ficar pensando nisso, briguei comigo em busca de outros pensares.

Como sempre, fui direto para o bar, lá já tinha feito amigos. Notei logo que cheguei que era amizade verdadeira, pois todos estavam preocupados. Eles pensaram que ainda estivesse internado, queriam até me visitar, só não foram porque dependiam do Martins para avisá-los onde eu poderia estar. Imaginei encontrar o meu amigo Martins ali, achei estranho, ele não esteve lá hoje. Costumo ficar longo tempo neste lugar, mas desta vez não demorei, antes de uma da manhã saí para casa, estava com muito sono. Melhor seria se tivesse ficado, foi uma noite de pesadelo, tive sonhos horríveis, acho mesmo que não descansei, acordei com o Jairo me gritando "você precisa me achar". Despertei antes das cinco e não consegui dormir mais. Fiquei pensando no Jairo, era a terceira vez que sonhava com ele, imaginei estar sofrendo em algum lugar. Meus pensamentos se embaralhavam ao vir à minha mente a figura do padre Danúbio, suas festas, suas missas, o medo que o povo tinha dele. Apesar de tão novo, gozava de uma autoridade que não se vê hoje em dia, claro que era uma autoridade que vinha de uma religião e o povo não tinha escolha. O Jairo seria o sujeito que poderia me ajudar a pegar o diário dele. Bom Jairo, onde você está? Quando este padre vai querer falar comigo? As perguntas brotavam na minha mente sem parar. Liguei a televisão, não encontrava nada que despertasse meu interesse. Levantei como se tivesse tomado uma surra, fui tomar um banho.

Às oito e meia já estava na clínica. Logo a seguir chegou a Laura, minha escudeira. Não demorou e já me trouxe o relatório de tudo o que aconteceu na clínica na minha ausência. Tudo normal, se não fosse o que acabara de me dizer.

- Quem veio aqui procurá-lo foi o gerente do banco que a Paula trabalha. Disse que precisa falar com o senhor, não quis me adiantar o assunto.

- Esta semana eu não consegui falar com ela. Deve estar acontecendo alguma coisa, ele deixou o telefone?

- Sim, deixou um número, é do celular, seu nome é Miguel.

- Liga para ele.

Não deu tempo de minha secretária ligar para ele, pois ele já se encontrava na linha. A recepcionista passou para Laura e esta me passou a ligação. Minha secretária discretamente me deixou só.

- Pois não, Miguel. Tudo bem, o que manda?

- Preciso conversar com o senhor pessoalmente. É sobre a Paula, ela gosta muito do senhor, mas teve que partir.

- Não compreendi. O que aconteceu?

- Falar mais que isto só pessoalmente. Vou marcar com o senhor, estarei no rei do Bauru hoje às treze horas.

-Fica marcado.

Que coisa estranha. Confesso que fiquei sem entender nada. Acho que vi este senhor uma vez, assim mesmo tenho dúvida se é o sujeito que estou pensando.

Chamei a Laura. Ela veio imediatamente, acredito que também queria saber das novas. Contei-lhe sem precisar me perguntar se devia.

- Doutor Roberto, acho melhor o senhor ir com alguém. Sabe lá o que ele quer?

- Não é preciso. O local que ele marcou tem muito movimento. Você não esquece do encontro que lhe pedi com o Henrique Herrera Danúbio, para mim, padre Danúbio?

-Não doutor, já conversei três vezes com a Lucy, ficamos amigas. Ela também quer lhe conhecer, já o viu várias vezes na TV. O caso é que o homem tem ficado mais fora do país do que o embaixador. Ela fala com ele direto durante o dia, já falou do senhor, só aguarda a oportunidade.

- Tive uma ideia. A inauguração do prédio ao lado será um bom motivo para você convidá-la a estar conosco e assim estreitar os laços de amizade.

- Ótimo doutor, vou providenciar isso hoje. Não esqueça, será na próxima segunda às vinte horas, e na terça-feira sua reunião na TV será às onze horas.

Como sempre, saí atrasado, e eu prometera a mim mesmo sair mais cedo da clínica para o encontro com o tal Miguel. Na minha cabeça surgiam perguntas diversas, não conseguia administrá-las, sem contar que minha amiga dor de cabeça não ajudava.

Realmente reconheci o cidadão que imaginava, apesar de vê-lo só uma vez, conheci-o logo que o avistei no local marcado. Ele se antecipou e veio ao meu encontro, parecia tenso.

-Doutor Roberto, lembra de mim?

- Como vai? Sim, lembro-me de você. Estou curioso e preocupado. O que está acontecendo?

- É longa a história, mas posso adiantar que a Paula não está mais no Brasil.

Fiquei transtornado, lembrava que ela tinha planos de ir à Europa, mas sem me dizer nada, era demais!Ao mesmo tempo, não via nela, no período que convivemos, uma garota sem consideração. Isto me deixava mais confuso ainda.

- Conte-me tudo.

- Vou demorar. O senhor tem que ter paciência, no entanto vai saber de tudo. Eu era gerente daquele banco, fiquei lá oito anos nesta função. A Paula entrou no banco e logo se destacou; ela era muito competente e cativante , prontamente a indiquei para ser caixa. Estou falando isto para lhe mostrar que a conheço bastante também. Tinha um sorriso maravilhoso, era bela e sabia que era, mas sua beleza não era apenas bela, tinha algo mais, poderíamos dizer que sedutora. Dificilmente um boy com suas pastas entravam em outra fila, eu não via neles angústia de esperar. Certa vez, um cliente me perguntou por que a fila da moça sempre tinha mais gente? Eu apenas respondi: questão de preferência. Neste mesmo dia, este cliente me contou: saiba, meu gerente, fiquei à distância observando e fazendo um comparativo com outros caixas. Retive-me ali por uns vinte minutos, sua fila sempre longa, mas não vi ninguém reclamar pela demora, o que não ocorreu em dois caixas. Aquilo me fez ousar um pouco mais (são palavras do cliente). Era quatorze horas, não tinha pressa, minhas coisas já estavam todas resolvidas. Dei vazão à minha curiosidade. Interpelei um rapaz ainda dentro da agência, perguntei discretamente: "Você vem sempre ao banco, nesta agencia?". Ele se assustou. O menino ficou tenso, pensava que eu era investigador e estava atrás de alguma resposta para desvendar o assalto que havia acontecido aqui há alguns dias. Disse que poderia ficar calmo, não era nada demais. Convidei-o a ir tomar um suco comigo no bar que ficava quase em frente. Ele se sentindo ameaçado, logo me acompanhou. Eu ria calado (palavras do cliente), mas não mostrava meu riso, no entanto era revelador o temor do rapaz. Chegando ao bar, que por sinal nada limpo como manda a vigilância sanitária, o rapaz já me chamava de Dr. Eu dizia algo e ele não me escutava e falava sem parar. "Eu já estava dentro do banco quando os bandidos chegaram, logo me deitei no chão, foi ordem deles. Depois só os vi carregando o que tinham roubado em sacolas. Vi também a moça do caixa esconder algo dentro de sua roupa quando os bandidos já estavam lá fora, não lembro de mais nada". "Não quero saber de nada disso", falei meio que brabo. "Quero que me diga o porquê que a grande maioria prefere entrar na fila daquela moça ainda que tenha mais gente que a do lado". Como num alivio, o rapaz tomou mais um pouco de suco, suco de laranja, eu pedi outro café para mim. E ele respondeu com outra pergunta: "Por quê? O senhor acha que ela tem algo a ver com aquele roubo?" Confesso que já estava ficando de saco cheio com aquele rapaz, mas me controlei. "Rapaz, não estou neste caso, o que quero saber é por que a maioria prefere entrar na fila dela?" "Háaa bão, é que ela atende bem a gente, sua resposta vem sempre acompanhada de um sorriso e está sempre de minissaia". Tive que rir. Ele continuou... Como o senhor vê, Dr. Roberto, o sujeito foi falando sem parar. Eu tinha que escutar, tentei interromper, mas não teve jeito, até que alguém me chamou, eu o deixei na minha mesa, como demorei, ele foi embora. A moça, ou melhor, a Paula, era gente boa mesmo, quando algum caixa de colega não batia, ela prontamente ajudava, dificilmente saía antes de algum colega. Às vezes, ficava ajudando o tesoureiro a fechar o caixa geral, com isto ela aprendia tudo, não media esforço. O senhor Passos, cliente antigo da agência, uma das melhores contas, este homem foi sequestrado. Ela se mostrava tão triste que mais parecia parente dele, mas nunca perdera o otimismo em encontrá-lo. Ele era cliente preferencial, jamais entrava na fila, ela sempre vinha atendê-lo na minha mesa. Assim sendo, tornou-se íntima dele, tinha seus telefones, era já conhecida da filha, a advogada Marlene. No meio de toda aquela confusão de sequestro, comentava com pessoal que tudo ia dar certo, ninguém ia ser louco de fazer algo com ele, tentava sempre acalmar os parentes da vítima.

Não demorou mais que dez dias e a Marlene veio ao banco e confirmou o pedido de resgate, cinco milhões de reais. Era toda a aplicação que tinha no banco. Claro, teria que juntar todas as aplicações, ele aplicava em vários papeis. Enquanto ela conversava comigo, a garota do caixa veio até à gerência, como quisesse dar apóio, falou que lamentava a situação. Em um dialogo rápido com a Marlene diz que é para ela ter paciência que tudo vai ser resolvido, "não se desespere". Se despediu e voltou ao caixa, mas antes, perguntou como a polícia estava agindo. A Marlene comentou alguns passos da policia, lembro ainda das palavras da Paula: "Tomara que a polícia seja muito sensata". Passaram cinco dias e dona Marlene não apareceu na agência e a impressa também não divulgou mais nada, ficamos sem saber notícias. No sétimo ou oitavo dia, ela apareceu no banco juntamente com um policial civil para buscar a grana. Há de convir, não tínhamos este dinheiro imediatamente. O banco do Brasil nos cedeu, às cinco horas, a quantia. Os bandidos queriam o dinheiro às dezesseis em determinado local. Como não foi possível chegar ao local com o dinheiro, nós da gerência ficamos apavorados, mais tarde descobrimos que havia um envelope deixado no caixa da moça remarcando o tal encontro.Mas ninguém entrou na agência depois das cinco, o banco já tinha fechado para atendimento ao público. No bilhete estava o novo local e o novo horário, teria que estar neste local às vinte e uma hora. Achamos muito estranho a maneira que os sequestradores resolveram marcar o outro local para a entrega do dinheiro. A moça chorou como uma criança, afinal, como aquele envelope chegou no seu caixa? Ninguém viu quem trouxe, mas ninguém também poderia pensar algo a respeito dela. Foi uma situação marcante. A partir daí, sugeri à administração que ela fosse trabalhar na tesouraria.

- Mas alguém ficou desconfiado da participação dela por causa do envelope encontrado em seu caixa?

-Não e sim, porém lhe dei todo o crédito. Ela passou a trabalhar na tesouraria, com tudo atendia os clientes especiais, aqueles que traziam ou queriam volumes expressivos e vinham direto à gerência. Mas o outro gerente, e este acima de mim, o Augusto, mantinha relação muito próxima dela, segredos eram compartilhados entre eles; chegou a tentar promovê-la, só não foi adiante por causa do Gomes, também gerente. Nos bastidores, alertou-o que ela era especial para fazer o serviço que passou a fazer. Ela realmente cativava os clientes. Um desses, o senhor Spinoza, moreno cor de jambo, olhos castanhos, empresário bem sucedido, deu início a uma paquera com a Paula, paquera esta que acabou virando romance. Ele era casado e ela sabia, até conhecia sua esposa. Era quem, às vezes, levava os depósitos à agência e entregava na mão dela. Mas não se importou com isto, preferiu viver o momento, parecia uma paixão à flor de pele. Não demorou muito e a esposa dele deixou de vir à agência, passou a usar o serviço do boy. Às vezes Spinoza mesmo vinha, e quando conversavam falavam em inglês. Ele tinha morado fora do Brasil seis anos, ela terminara o último período do curso de inglês; segundo ela, era a chance de colocar o idioma em prática (nada disso, era a maneira de se falarem escondido na frente de pessoas). O senhor Spinoza, no fogo alto da paixão, fez uma proposta para ela que a assustou. Propôs montar uma casa para os dois, aquilo era um sonho e uma loucura. Ela não disse não, mas também não disse sim. Pensara nas consequências, família, amigos... Decidiu seguir seu plano e levar em "banho- maria" o seu apaixonado, mas chegou a comprar colchas e lençóis. Lembro ainda de uma cena amarga. Ela, algumas amigas e mais dois funcionários do banco curtiam um final de sexta-feira em um restaurante tradicional. Eu estava lá, em uma mesa não muito próxima, quando o pior aconteceu. Chegou dona Matilde, sem se importar com o barulho, gritando sem pudor "sua puta, vagabunda, traidora... e". Ela dava de desentendida, chamou-a de maluca, foi aquele vexame. Ela manteve-se no local enquanto dona Matilde foi retirada. A moça continuou a mesma na agência, não deixava seus problemas influenciarem no trabalho.

Nada a deixava tensa. Lembro de um assalto na agência, era segunda-feira, os bandidos entraram quando ela conferia um montante de dinheiro trazido pelo Spinoza, faturamento do final de semana. Ela nem disfarçou, autenticou o recibo no meio de toda aquela confusão, autenticou com o dobro do que tinha recebido, dinheiro este que os ladrões já tinha ensacolado, exigiu cinquenta por cento do montante a mais para si(quem me contou foi ele mesmo na semana passada, quando lhe falei da demissão dela). No meio de toda daquela confusão, ela mantinha a calma mesmo na mira de uma arma; enquanto seus colegas de caixa entravam em pânico, ela os consolava e dava acesso aos assaltantes ao caixa onde recolhiam todo o dinheiro, tudo muito rápido. Seu amante estava estático, juntamente com várias pessoas deitadas no chão que se encontravam por ordem dos bandidos, não se moviam. Aliás, ninguém naquele momento mexia-se, os gritos de terror dos bandidos eram muito intimidadores. Ela parecia não se importar e seguia as ordens dos bandidos

normalmente. Tem dez dias que eu fui despedido do banco, a agência foi assaltada novamente uns trinta dias antes de eu sair. A moça tomou a seguinte decisão antes da minha
saída, e aí o senhor vai compreender o porquê estou lhe contando tudo isto. Ela surpreendeu a todos, creio que até sua família, apresentando seu pedido de demissão, disse que tinha recebido uma proposta irrecusável. Nós da gerência e outros seus colegas tentamos
fazê-la mudar de ideia; foi em vão, nada mudava sua decisão. Diante de tal situação, pe-
dimos que ficasse mais quinze dias e não comentasse com ninguém, o que foi aceito por
ela, porém disse que faltaria dois dias. Nesses dois dias ela foi à cidade vizinha tirar o pas-
saporte, soube disso recentemente.

No dia vinte cinco, ela foi ao banco se despedir dos colegas, disse que estava indo
para Belo Horizonte. O gerente geral queria-lhe pagar um almoço de despedida, ela recu-
sou. Ele a abraçou e agradeceu por toda a dedicação durante os dias de trabalho, e riu dizendo: "Trabalhe em um lugar que tenha menos adrenalina, cuidado com os assaltos...".
Ela respondeu: "Com certeza". Abraçaram-se e ela partiu.

No dia vinte e seis deste mesmo mês, ela partiu para Itália, mas não disse a ninguém
do seu destino. A polícia está a indagar por que ela não deixou rastro do seu paradeiro.
Chegaram a avaliar a possibilidade dela fazer parte da máfia, mas isto é pura especulação.

- Não posso acreditar. Ela tinha me falado do projeto de ir para o exterior, mas será
que ela está envolvida com tudo isto?

- Não sei, mas eu acabei de ser mandado embora do banco juntamente com toda a
gerência e estamos sendo investigados. Mas vou lhe adiantar: Ninguém conhece parentes
dela e ela está sendo procurada pela polícia para depor. Portanto, muito cuidado que esta
bomba pode estourar também na sua mão. Tenho um amigo que participa das investigações, ele me confessou que depois de algum tempo de investigação via nela a principal
pessoa para desvendar alguns roubos, pois descobrira que ela teve caso com alguns clientes do banco que foram extorquidos, são três os casos, e ainda houve um cliente sequestrado nesse período; o resgate exigido foi exatamente o bruto que ele tinha na conta. A agência foi assaltada oito vezes durante o período que ela lá trabalhou; antes disso, avaliou o
investigador, nunca tinha sido assaltada. Se for coincidência, só as investigações irão mostrar.

Confesso que saí do encontro atordoado, seria eu a próxima vítima? Este pensa mento não era definitivo na minha cabeça, pois também via nela um sentimento profundo por mim. Eu não queria acreditar naquela história, era muito cruel, pois tinha nesta menina um recomeço de vida. Fiquei andando pela cidade, não tinha parada que me satisfizesse, até que às dezessete horas e alguns minutos, minha secretária me despertou daquilo que imaginava ser um pesadelo.

- Doutor Roberto, tudo vai bem, não é?

- Meu coração está em pedaços, mas tudo vai bem. Depois falaremos sobre isto.

- Fiquei preocupada. Olha, hoje o senhor vai sair com o Martins.

- Já tinha esquecido, estou indo embora. Por aí está tudo bem?

- Pode ficar tranquilo.

Capítulo XI

Sob a garra do mal

Cheguei em casa atrasado para meu encontro, tive o tempo certo de tomar um banho e logo o interfone tocou, era o Martins. A dor de cabeça estava ainda mais intensa, o correto seria ficar em casa quieto, cheguei a pensar nesta possibilidade, mas a dor que eu sentia também me fez pensar na amizade do Jairo, queria encontrá-lo. Aí me lembrei que o Martins estava ali para me levar a uma tal reunião que poderia me dar uma dica para saber algo sobre meu amigo.

- Martins, estou precisando mesmo de um amigo, já tinha até me esquecido da nossa reunião. Estava andando por aí. Não queria encontrar destino, uma bomba caiu sobre minha cabeça.

- Também foi demitido? Mas você não precisa deste emprego.

- Como? O que aconteceu?

- Sim, não faço mais parte da equipe da TV, fui despedido.

- Essa não! Estou aqui a lamentar pela minha situação, vejo que a situação do amigo é de abatimento. Você se entregava tanto para fazer o melhor naquela TV. Então é por isso que eles marcaram uma reunião para próxima semana comigo e com o Carvalho. Ele deve me colocar a par dos fatos. Lamento, se eu puder ajudá-lo, pode contar comigo.

- Obrigado, mas essas coisas acontecem, já, já estarei fazendo algo. Você disse que estava precisando de um amigo, o que foi?

- Sim. Você sabia que a Paula foi para o exterior sem me comunicar? É assunto longo, no caminho lhe conto.

O Martins não acreditou na história, mas sugeriu já deixar um advogado a pá da situação, pois, com certeza, eu iria ser convidado para comparecer à delegacia.

Logo chegamos a Mogi das Cruzes. A viagem foi tão rápida que não sentimos a distância, isto não quer dizer que andamos em alta velocidade, acredito que foi tanta história contada que não vimos o tempo passar.

O local que o Martins me levava era muito sinistro. Uma casa grande, poucos com vidados, uma mesa longa com vários homens sentados em volta vestidos de branco. Fiquei meio assustado no início, mas procurava manter a aparência controlada. Apesar da minha dor de cabeça estar mais forte ainda, eu ia conseguindo driblar a situação. Aquilo tudo era muito estranho aos meus olhos. Esta situação piorou por um momento, alguém pegou no meu braço, disse que eu era chamado para ir à frente de um daqueles homens de branco. Acho que até meus cabelos se arrepiaram, mas segui a orientação de quem me falava. Ao chegar no devido ponto, sentei-me. A voz do Jairo logo escutei, a identifiquei imediatamente.

- Roberto, chamei-lhe várias vezes.

O homem de branco reproduzia a voz do Jairo, só a aparência física dizia que não era ele, mas na minha mente via o próprio Jairo. Uma alegria sobrenatural invadiu todo o meu ser.

- Jairo, você sumiu!

- Eu parti desta vida. Sempre que for possível virei falar com você. O padre também partiu, você não o encontrará mais nesta terra. Aquele que você pensa que é, é irmão. Tenho visto seu problema; não fique triste, é seu destino, é necessário para sua evolução. Procure fazer sempre o bem e ajude as pessoas. Não deixe os aborrecimentos lhe trazerem tristeza. Eu estou bem, continue como está e tudo vai ser bom para você. Se você quiser sempre falar comigo, aqui é o local certo. Mas nem sempre sou liberado para vir aqui, mas venha sempre, você tem um dom maravilhoso, não o despreze. É tudo que posso hoje falar com você, não posso demorar muito aqui hoje, recebo ordens. Chegou minha hora, tenho que partir.

- Sim, Jairo, como foi bom falar com você. Que pena você não estar mais com a gente.

- Minha passagem pela terra foi cumprida. Até breve, amigo...

Só me dei conta que o Jairo partira quando a mesma pessoa que me levou àquela mesa segurou no meu braço e cochichou no meu ouvido "seu tempo acabou, ele subiu".

Estava ainda extasiado, tinha ouvido meu amigo, aquelas palavras me fizeram bem, era o Jairo. Imaginei como Deus era bom comigo, ele permitiu que meu amigo viesse a terra me consolar e esclarecer de vez aquela dúvida. Eu imaginava que ele tinha simplesmente ido embora para os Estados Unidos, mas não. Antes de chegar lá sua vida foi ceifada da terra.

Todo aquele papo me deixava aliviado, já estava me sentindo em casa. Afastei-me discretamente do local que me encontrava como mandava o cerimonial. Martins veio ao meu encontro, percebera que eu estava com uma cara melhor do que entrei. Junto com ele estava um senhor de nome Sidnei, fui com eles a uma sala a parte. Conversamos sobre a vida espiritual, indaguei ao Sidnei sobre as coisas que estavam ocorrendo comigo. Ele era muito gentil, porém fiquei meio arredio com ele quando me disse que eu tinha que me desenvolver, pois eu era uma pessoa iluminada para receber espírito. Neste caso, eu estaria cumprindo minha missão na terra. Dialoguei com ele que eu era crente e não aceitava isto na minha vida. Ele rebateu argumentando que o Deus que eu creio é o mesmo que ele crer, a diferença era que o caminho dele ajudava as pessoas a encontrar um elo entre a morte e a vida, e que eles não discriminavam quem era crente. Seus argumentos mexeram comigo, prometi que pensaria no assunto. Ainda argumentou comigo que minha dor de cabeça só sumiria depois que eu me desenvolvesse neste sentido, pois ele achava que aquilo era espírito pedindo passagem. Não aceitei esta opinião, além disso, sou médico e sei que há dores crônicas.

Fomos embora depois da meia-noite. Martins ficou todo feliz por saber que eu tinha a capacidade de ser guia espiritual; ele queria também ser, mas não tinha este dom, estava muito feliz por mim.

- Roberto, não deixe de aceitar o seu destino.

Cheguei em casa e fui direto para cama, foi uma noite longa, pus-me a pensar no Jairo, no seu jeito prestativo, um cara amigo. Este pensamento me levou a ver como ele foi útil na minha mudança de vida e conquistas. Não era a primeira vez que eu entrava neste devaneio, mas todo o acontecimento desta noite tinha me deixado muito impressionado e me trouxe lembranças. Na verdade, fez-me ver muitas coisas, dentre elas, as novas amizade que colhi através dele, virei até personalidade de TV. Realmente tudo isto aconteceu depois que o conheci. Mas ele também trouxe a Paula e esta pode ser um grande problema. Não, estou cometendo injustiça, a própria Paula disse que não o conhecia bem, realmente eu não tinha o que falar negativamente deste cara. Cara era o jeito dele me chamar quando estava empolgado.

Eu nunca acreditei que alguém depois de morto pudesse vir a terra através de outra pessoa para dizer algo, mas eu vi com meus próprios olhos; sua voz eu conheceria em qualquer lugar. Foi Maravilhosa esta experiência, senti-me muito bem, até minha dor de cabeça na hora que conversava com ele me deixou, só agora a sinto chegando, mas levemente, nada que me obrigue a tomar remédio. O ideal mesmo é ficar sem dor, só não quero aceitar esta de me envolver totalmente nestas coisas que o Sidnei me expôs.

Neste sábado, queria dormir até mais tarde, mas não foi possível. Às quatro horas a porta do meu banheiro bateu com força me despertando, meu sono foi embora, fiquei rolando na cama; o pior, sábado eu não tinha nada para fazer, estava só novamente e não havia em mim esperança de minha amada voltar. Quando deu cinco e meia me levantei, tomei um café reforçado, fui até a clínica, não existia muita coisa para eu executar. Às onze horas liguei para o Martins e ficamos juntos até um pouco mais das dezessete horas. Já em casa novamente, a solidão me apertava, procurava alguma coisa sem saber o quê, sentia falta, um incômodo sem procedência. Mesmo assim, projetava o domingo, pensei em ligar para Lúcia pedindo para sair com as crianças. Aí que me dei conta, eu não sabia o número do telefone da Lúcia e nem da casa, os números estavam gravados na agenda do celular que deixara no escritório, pensei em ir diretamente lá neste dia, mas certamente não a encontraria, domingo ela deveria estar na casa da mãe. Foi aí que tive a ideia de ir à igreja no domingo. Só frequentei uma igreja desde criança. Depois de tantos episódios, ir lá não me sentiria bem, o meu pensamento me dizia que seria olhado com desprezo, não sei por que, mas este pensamento me convenceu a não ir, assim acabei dormindo.

No domingo sempre gostei dormir até um pouco mais tarde, mas neste domingo mais uma vez fui acordado muito cedo, às quatro e meia com o telefone tocando, o pior é que quando o atendi, percebi que ele estava desligado. Achei esquisito, mas não dei atenção, imaginei que tinha ouvido demais. Entretanto, desapareceu o sono, fiquei rolando na cama esperando a hora passar. Meu projeto era levantar cedo, mas não tão cedo, para pesquisar na net o endereço de uma igreja da mesma denominação que eu sempre frequentei, assim fiz, porém queria ir onde as pessoas não me conheciam. Fiquei decepcionado, observei que da minha denominação existiam poucas, não encontrei nenhuma que me desse segurança de não conhecer alguém. No entanto, igrejas de denominações diversas não faltam. Antes de me decidir aonde ir, isto já era oito e meia, o pessoal da portaria me informara que havia várias correspondências lá que me pertenciam; gentilmente o rapaz as trouxe. No meio de tudo aquilo havia um convite, fiquei envergonhado, tinha me esquecido, era do César, meu gerente administrativo da clínica, um sujeito espetacular. Neste caso, abandonei o projeto de encontrar uma igreja e fui ao aniversário dele, antes saí à procura de um presente para levar. São Paulo é bom também por isto, não precisei procurar muito. Logo encontrei uma adega, fiz uma seleção de seis garrafas de vinho e as levei na certeza de que ia agradar o aniversariante.

Capítulo XII

Ofuscamento da verdade

As noites não traziam descanso para mim já há algum tempo. Sempre eu acordava muito cedo, perdia o sono, passei a tomar uns remedinhos para dormir um pouco mais, mas nem eles faziam o efeito desejado, porém era melhor com eles. Eu tentava controlar para isso não virar um vício; no entanto, já estava virando, mas era o jeito que eu tinha para amenizar aquela situação. Aconselharam-me a fazer análise. Como estudei psicologia, achei que poderia ser um caminho, mas não estava disposto a ocupar meu tempo semanalmente com as consultas.

No caminho do trabalho, lembrei que era o dia da inauguração da nova ala da clíni ca, esta lembrança me trouxe entusiasmo. Cheguei à clínica empolgado, mesmo antes de desejar bom dia a todos, fui direto falar com minha escudeira:

- Oi Laura. É hoje o grande dia! Está tudo arrumado? Chamou sua amiga Lucy para a festa de inauguração?

- Claro doutor, tudo conforme combinado, ela adorou o convite. Pena que ela não poderá nos ajudar. O Henrique não é o padre que estamos procurando, mas irmão, o padre está em Portugal. Que pena, depois de tanto esforço, o senhor queria tanto falar com este homem, mas também Portugal não é tão longe, não fique desanimado por isto.

- Ué, tem algo estranho, soube que ele tinha morrido. Não me pergunte como desco bri isso... Acho melhor não lhe falar sobre essas coisas.

- Falar que não estou curiosa seria mentira minha, mas é o senhor quem sabe, toda via confio mais na informação da Lucy.

- Pensando bem, não tem por que não lhe contar esta história. Você lembra que eu tinha que sair com o Martins? Pois é, ele me levou a uma tal reunião e o Jairo apareceu lá.

- Doutor, ele voltou e não lhe procurou?

- Não, Laura. Ele se manifestou em uma pessoa. Ele morreu quando viajou aos Es tados Unidos. Deus permitiu que ele viesse manifestado em alguém só para me informar algumas coisas.

- Doutor, estou pasma, isto é engano! Deus condena tal coisa, isto é feitiçaria, even to do capeta e dos seus comandados, demônios se passando por pessoas que já existiram aqui na terra. Doutor, o senhor está entrando por um terreno perigoso, quem entra por este caminho encontra a desgraça, mas no início enxerga que vai encontrar o que se procura. Minha tia passou por isto. Eu era muito ignorante a respeito destes acontecimentos, mas meu noivo tem participado de um grupo que faz estudos Bíblicos, isto já faz algum tempo. Passei a ir com ele recentemente, tenho aprendido muita coisa, coisa que tinha ouvido falar, muitas delas distorcidas. O senhor conhece a história de Saul?

- Claro, inclusive sei que ele obteve resposta de Samuel mesmo depois de morto. Tá vendo? Não sou ignorante a respeito do assunto. Olha, por isso que achei que não lhe devia falar, imaginei que o assunto ia render.

- Desculpa doutor, mas posso recordar a história com o senhor?

- Sim, claro.

- A história se passa assim: Saul foi o primeiro rei de Israel, era um homem temente a Deus, andava procurando agradar os princípios do Criador. Até que começou a desviar-se, deliberou fazer aquilo que vinha à sua mente. Samuel, poderíamos dizer, um ministro de Deus na época, chamava a sua atenção, mostrava-lhe o erro. Mesmo assim, a vida de Saul era um pé dentro, um pé fora; deste modo a vida dele foi se distanciando da Palavra de Deus, sua mente perdeu o domínio próprio. Até que Samuel lhe trouxe uma palavra, podemos dizer, um recado de Deus *"Porque a rebelião é como pecado de feitiçaria, o porfiar (persistir, tentar convencer) é como iniquidade e idolatria. Porquanto tu rejeitaste a palavra do senhor, ele também te rejeitou..."* Quando Saul ouviu isto reconheceu seu erro, mas não deu mostra de arrependimento, buscou uma desculpa pelo seu erro e não arrependimento e pede até que Samuel o honre diante das pessoas. O homem de Deus não estava ali para desonrá-lo, mas também não havia motivo para honrá-lo. O desejo de Saul em demonstrar sua importância perante os homens extrapolava o desejo de andar na verdade e buscar arrependimento. Assim sendo, Deus o deixou à sua própria sorte. Saul cria em Deus, mas não queria uma aliança, queria viver dentro do seu conceito. Deste modo ficou sem a benção de Deus, era um homem rico, porém vazio. O pior, uma casa vazia corre o risco de ser invadida, foi isto que começou a acontecer com ele; um espírito mau o assombrava, ele não gozava da segurança que tinha, ou seja, sua vida espiritual ficou sem proteção, perdeu a essência da vida, a verdadeira paz desapareceu. O Criador tem poder sobre todas as coisas e o espírito mau só assombra quem não anda com Deus.

É importante compreender que crer em Deus não quer dizer andar com Ele. Diante disso, Saul começou a buscar respostas, assim como acontece hoje. Muita gente tem ido buscar respostas, mas quando é apresentado a ela o evangelho segundo o que Jesus falou *"Arrependei-vos, porque é chegado até vos o reino dos céus"* elas preferem viver na busca de algo, daquilo que seus olhos veem; vivem distantes de Deus apesar de ir a alguma igreja. Deus não dispensa um coração arrependido. Saul piorou a coisa para ele, foi buscar na feitiçaria a resposta. Chegamos onde o senhor ponderara sobre Samuel depois de morto, é uma daquelas deturpações da verdade. Leia comigo aqui:

*Disse Saul, buscai-me uma mulher que tenha o espírito de feiticeira, para que vá a ela e a consulte. E os seus criados lhes disseram: Eis que em En-Dor há uma mulher que tem o espírito de adivinhar. E Saul se disfarçou e vestiu outras vestes, e foi ele com dois homens, e de noite vieram à mulher; e disse: Peço-te que me adivinhes pelo espírito de feitiçaria e me faças subir a quem eu te disser. Então, a mulher lhe disse: Eis aqui tu sabes o que Saul fez, como tem destruído da terra os adivinhos e os encantadores; por que , pois, me armas um laço a minha vida, para me fazer matar? Então Saul lhe jurou pelo Senhor, dizendo: Vive o Senhor, que nenhum mal lhe sobrevirá por isto. A mulher, então, lhe disse: A que te farei subir? Disse ele: Faze –me subir Samuel. Vendo, pois, a mulher a Samuel, gritou em alta voz; e a mulher falou a Saul, dizendo: Por que me tens enganado? Pois tu mesmo és Saul. E o rei lhe disse: não temas, porém que é que vês? Então, a mulher disse a Saul: Vejo deuses (demônio) que sobem da terra. E Saul perguntou: Como é sua figura? disse ela: Vem subindo um homem ancião e está envolto numa capa . **__Entendendo__** Saul que era Samuel, inclinou –se com o rosto em terra e se prostrou (I Sam. 28:7-14, Bíblia de Estudo Plenitude).*

Vamos entender direito: Deus condena a feitiçaria. Diante disso, quem busca feiti ceiros está buscando coisa que não vem de Deus. É interessante compreender que na feitiçaria se diz que pode se fazer o bem a uma pessoa, mas também se diz que se pode fazer algo para destruir, inclusive conseguir o amado (a) de outra pessoa. Isto prova que não é lugar para pessoa conseguir paz. Portanto, quem escolhe andar por este caminho é certeza de encontra destruição. Quem busca essas coisas fica marcado, nunca mais tem liberdade na vida. A pessoa sobre influência demoníaca tende a buscar lugares semelhantes a estes, pois existem vários com procedimentos diferentes. Saul estava vivendo longe da Palavra de Deus, quem assim vive, está sujeito a isto. Se Deus condena a feitiçaria e Samuel sempre andou com Deus, vemos então que há algo errado nesta aparição. O que lemos diz: *Vendo, pois, a mulher a Samuel, gritou em alta voz.* Ela achou ser Samuel, mas não afirmou ser, mais ainda, ela, descobrindo que era Saul que estava ali, resolveu fazer uma cena, pois ela sabia que Saul respeitava Samuel. Assim sendo, ela se livrava de condenação do rei, "coisa de feiticeiro". Naquela época, o rei tinha que obter o que procurava, senão condenava a pessoa geralmente à morte.

O diálogo continua: Por que me tens enganado? Pois tu mesmo és Saul. E o rei lhe disse: não temas, porém que é que vês? Então, a mulher disse a Saul: Vejo deuses que sobe da terra. E Saul perguntou: Como é sua figura? Disse ela: Vem subindo um homem ancião e está envolto numa capa. Entendendo Saul que era Samuel, inclinou - se com o rosto em terra e se prostrou.

Vemos claramente que não era Samuel, mesmo por que Deus condena a feitiçaria e Samuel andava com Deus. Saul cria em Deus, mas não mais vivia com Deus, pois um espírito mau o assombrava, logo era facilmente enganado.

    - O que você fala é válido, mas eu vi com meus olhos. Mas vamos mudar de assunto. Como estão os preparativos para hoje à noite?Passe-me a lista de quem já confirmou. Você não chamou minha ex- mulher, não é?

    - Não, o senhor disse que não era para chamar.

    - Acho melhor assim. Tente transferir a reunião da TV para quarta-feira.

Nossa! A moça nem parece minha secretária, não concordou com nada; mas deixa pra lá, uma hora qualquer, com mais calma, conto-lhe em detalhes minha experiência. Eu também pensava de outro modo, além do mais, este capítulo do livro de Samuel sempre me deixou com dúvida.

Queria ficar livre hoje, estar bem à noite era preciso, pois a clínica receberá muita gente importante; no entanto, meu desejo foi frustrado. Já era próximo das quatorze horas, minha mesa estava cheia e não tinha saído para almoçar; além de que, tinha uma reunião às quinze horas, o jeito foi pedir uma refeição por telefone. Só às dezesseis horas fui ver os preparativos para nossa reunião de inauguração do prédio ao lado, as instalações e os equipamentos eram tudo de ponta, alta tecnologia. Há muito tempo não me sentia tão bem, só não estava melhor por causa da minha dor de cabeça que hoje se mostra mais forte. Isso me fez pensar nas palavras do Sidnei, *"espírito pedindo passagem"*, ou aceito o meu <u>destino</u> ou terei que viver com esta dor. Será verdade mesmo isso? Não tenho outra saída? Que dilema, eu não aceito bem isto, mas parece que não tenho alternativa. Bom, é melhor tentar esquecer o assunto por agora, ficar pensando não vai me levar a nada de concreto. Antes de ir para casa, mandei a Laura chamar para uma reunião rápida as pessoas que estavam engajadas na obra, elas eram merecedoras do meu agradecimento. Eram seis, ficaram emocionadas com aquela reunião e eu também.

    - Laura, estou morrendo de dor de cabeça, já tomei remédio, mas continua doendo, acho mesmo que não estou bem.

Só me lembro dessas palavras. Estava eu inaugurando o apartamento do novo prédio da clínica. O Dr. Leonardo fez todos os exames de emergência e outros procedimentos em mim, nada encontrou, porém só me deixou sair quando todos os convidados já tinham chegado.

Foi uma festa linda, Laura deixou para me apresentar sua amiga Lucy mais no final da festa.

- Olá Lucy, muito prazer.

- O prazer é meu doutor, desculpa, mas o senhor é ainda mais bonito ao vivo.

- Obrigado, minha amiga, assim você me deixa encabulado. Você gosta do progra ma?

- Gosto muito. Antes que me esqueça, vou conseguir fazer o senhor conversar com o Dr. Henrique

- Ótimo... Não vai embora sem conversamos...

Tive que atender a dois políticos que estavam de bico. Eles não foram convidados, mas vieram com o presidente de um desses sindicatos que a gente convida só para ser gentil, mas que no fundo sabemos que são defensores do próprio bolso. O pior é você ter que conversar sobre trabalho com esses sujeitos, e quando se fala de medicina é pior ainda, pois eles apontam defeitos, carência e uma porção de mazelas, mas não brigam verdadeiramente por solução, parecem que vivem das necessidades das pessoas. Só foram embora às vinte três horas, hora esta que praticamente o salão estava vazio, até os jornalistas tinham ido.

Numa mesa, estavam me esperando Lucy e Laura, juntamente com seu noivo, com versavam como velhos amigos.

- Olá João, tudo bem? Antes que eu me esqueça, a Laura está sendo boa aluna sua, pois ela me deu uma aula hoje.

- Que bom doutor, mas eu não sou professor, ela é que tem se interessado em apren der. Vai um dia lá também, tenho certeza que o senhor nunca mais deixará de voltar. O que aprendemos é como levar a vida dentro dos princípios do Criador, isto é, ter uma vida balizada na Palavra de Deus, quem vive assim tem a verdadeira vida. Venha viver conosco.

- Mas eu tenho paz, vivo tranquilo. Quanto ao ir lá, quem sabe... Vejo que o jovem está bem; e o casamento, quando sai?

- Em breve, doutor.

- Doutor, o senhor melhorou?

- Estou bem Laura, parece que nada me aconteceu.

- O senhor desmaiou feio, e não é a primeira vez, precisa descobrir o que é isto. A Lucy me contou algo que não bate com aquela sua informação, mas amanhã lhe falo mais claramente, porém posso afirmar que alguém mentiu para o senhor.

- Lucy, você é muito gentil. Se não fosse tão tarde e segunda-feira ia pedir para você ficar um pouco mais conosco, queria conversar mais com você. Mas vou lhe adiantar algo. Eu pensei que o Henrique Herrera Danúbio fosse um padre que conheci há muito tempo, por isto queria uma entrevista com ele, mas já sei que não é. Diante disso, cancele o que foi lhe pedido.

- Tá certo, doutor. Isto quer dizer que nossa amizade para por aqui?

- Não, claro que não. Eu jamais dispensaria a amizade com uma moça igual a você, quer jantar comigo amanhã?

A Laura interrompeu a minha conversa dizendo que também ia. Ela notou que a Lucy ficara vermelha, foi neste momento que eu vi que poderia acontecer algo a mais que uma simples amizade entre eu e a moça. Até então eu a via como amiga da Laura, mas notei que ela se derretia por mim. Acredito que boa parte deste interesse era por influência da televisão, pois se assim não fosse, ela nem ali estaria. Rimos bastante e assim cada um foi para sua casa.

Já passavam das duas da manhã quando cheguei em casa, estava sem sono, peguei uma doze de uísque sem gelo e comecei a bebericar, tentava com isto relaxar. Lembro-me quando cheguei à terceira doze, tentei parar, mas sentia uma angustia muito forte, comecei a pensar na vida, agora já tomava com gelo, viajava em meus pensamentos, cheguei a imaginar que eu era outra pessoa; vestido deste personagem eu dormi, quando acordei a garrafa de uísque estava vazia ao lado da cama.

Não estava com vontade de ir ao trabalho, mas fui contra o meu querer. Cheguei lá às onze e meia. Lá, encontrei todos de cabeça baixa, a manchete dos jornais não era sobre nossa inauguração da noite passada, mas *"Médico, famoso apresentador de televisão, pode estar envolvido em assaltos e sequestro"*. Minha foto estava estampada.

-Doutor Roberto, não se deixe abater. Eu o conheço, e todas aquelas pessoas que convivem com o senhor sabem que isto é coisa da impressa que gosta mais de vender jornal que informar. Estou evitando os jornalistas desde cedo. Sua ex, a dona Lúcia, ligou também dizendo que é para o senhor não se desesperar, ela e toda sua família sabem quem você é, e estava tentando evitar que as crianças tivessem acesso a essas informações e se o senhor precisar de algo pode contar com ela.

- Amiga, é triste ver uma carreira ser manchada por algo assim. O pior, nem sei o que se trata; aliás, lembra daquele encontro com o ex- gerente do banco, ele me alertou que eu poderia ser atingido pelos atos da Paula. Se é verdade o que desconfiam dela, resolvam com ela, mas por que eu? Da inauguração de um centro médico de excelência eles não informaram, mas levantar calúnia sim. Para que serve uma imprensa assim? Isto atinge o jornalista sério.

- Doutor Roberto, eu sugiro continuar na rotina normal.

- Ligue para o nosso advogado, peça, por favor, para vir aqui.

- Doutor, eu me antecipei, nem lhe falei, ele ficou de vir às treze horas.

Às doze e quarenta meu advogado chegou, sabia mais que eu, pois já tinha conhecimento de que eu ia ser chamado para depor.

- Dr. Tadeu, eu vou depor o quê? Veja lá se não tem um jeito de me deixar longe desta história

- É a melhor saída para você tentar recuperar seu nome

- Então faz mais um favor, antecipe este martírio pra mim, quero acabar logo com isto.

A Laura tinha uma lista de pessoas que me ligaram para me dar apoio, entre elas ES tava meu cunhado Jurandir, o que trabalha como detetive particular; minha secretária ficara impressionada com o interesse dele em me ajudar. Eu estava numa situação complicada, pensei até em ligar para ele, mas desisti, acho que o escritório de advocacia iria arranjar uma maneira de me redimir.

Na recepção tinham três jornalistas e eu não queria atender ninguém. Tenho certeza que minha secretária fez de tudo para evitá-los, mas estavam lá. Essa turma parece ave de rapina na espreita esperando o tombo da caça.

-Doutor Roberto, posso mandar o motorista ir para casa com seu carro ou ficar na dando pela cidade para disfarçar e o senhor sai na ambulância, assim essa turma de jornalista que estão ai desiste.

- Como turma?

- Sim, do lado de fora da clínica tem uns cinco e dois carros de TV.

- Isto é uma loucura, nem sei o que falar para esta gente. Tente achar o Martins para mim, talvez ele me dê uma ideia para sair dessa.

- Martins, você já tá sabendo?

- Sim, já lhe liguei várias vezes.

- Não vi, nem olhei celular hoje. Preciso de sua ajuda.

- Fala aí, sou seu amigo, farei o que puder.

- Preciso que você venha à clínica. Aqui está cheio de repórteres, portanto seria bom que não o reconhecessem. A Laura vai recebê-lo e trazê-lo à minha sala, aí precisamos bolar um meio para me tirar daqui.

- Fique tranquilo, estarei o mais rápido.

Já estava até gostando da brincadeira, seria uma aventura. Isto me fez pensar no Jairo, ele adoraria participar deste episódio.

A Laura acompanhava as notícias pela televisão. Um delegado dizia que iria pedir a prisão provisória de todos. Claro que eu não acreditava em prisão, baseado em quê? Mas como temos visto tantas barbaridades na justiça, não deveria descartar esta possibilidade. Enquanto dialogava e passava algumas decisões para a Laura e o César, meu gerente administrativo, o Martins chegou.

- Então gente, ficamos assim. Vocês têm minha procuração por escrito, todas as decisões têm que ser em conjunto, só assim tem validade, e mais uma coisa: esqueçam que existo.

-Doutor, parece até que o senhor vai desaparecer por um tempo.

-Sim, não virei aqui tão cedo. Estava mesmo precisando de férias, só ligarei se eu precisar de alguma coisa. Cuidem da clínica. Estou deixando registrado um aumento de vinte por cento no salário de vocês

- Doutor, não é hora disso.

- Faço questão Laura. Vocês dois há muito que têm merecido este aumento.

Antes deles saírem da sala, choramos nós três. A Laura foi buscar Martins na Recep ção. Quando ele entrou na minha sala logo notou que eu havia chorado.

-É duro, estão armando para cima de mim, mas vou sair dessa. Meus olhos estão as sim não é pelo que estou passando, é pela emoção e dedicação dos meus funcionários. Mas vamos ao que interessa, Martins.

- Passei em frente onde você mora, vi dois repórteres por lá. Estou aqui com um a migo, você o conheceu quando fomos lá naquela reunião. Ele está na recepção marcando uma consulta, vai criar um probleminha, tipo achar que demora muito para ser atendido. Só está aguardando minha ligação para agir. Logo depois ele vai ficar no carro, o carro é um Monza, este carro é uma relíquia dele, como ainda existem muitos rodando, acho que não vai chamar atenção, deve eliminar desconfiança. Antes queria que você colocasse esta peruca, entre no porta-malas do carro, estará aberto, coloquei um colchonete para ficar menos desconfortável. Eu vou ficar aqui, dois repórteres já falaram comigo e estão me a guardando, eu saio e seguro eles, falo que é um absurdo o que estão fazendo com você e tal, e prometo uma entrevista coletiva à imprensa, é o tempo suficiente para você chegar ao lugar que ficará até à noite, em torno das dezenove horas eu chegarei lá.

- Perfeito, amigo.

- Laura, vem cá, dê-me um abraço, logo esta tempestade vai passar. Se Lúcia ligar, coloque-a a par de tudo, não esconda nada. Se precisar, chame-a para ajudar em alguma decisão, apesar dela não estar ligada no dia a dia da clínica, ela é inteligente e sabe agir mesmo em situação de pressão. Sei que ela pode ser importante se você precisar.

- Obrigada, doutor. Pode deixar, fique tranquilo, mas volte logo.

- Estarei fora uns vinte dias até baixar a poeira, mas esqueça de mim, aja como se eu não existisse

- Credo, doutor!

Capítulo XIII

Fagulhas infernais

Cheguei a me perguntar o que fiz para estar passando por um momento tão compli cado. Pensando bem, eu não posso ser vítima de um problema. E qual é o problema? Quem criou este problema para mim?A verdade é: estava sendo vítima de um problema sim, e no momento, criando estratégia para escapar dele. As circunstâncias diziam que eu me encontrava perdido, mesmo sem ter culpa de nada, e do presente quase nada sabia, coisa nenhuma tinha feito para sofrer tal perseguição. Mesmo assim, diante disso, tive que aceitar o projeto de fuga, não tinha tempo para delongas. Estava aceitando qualquer coisa para me afastar daquilo. Assim, fui parar em Mogi das Cruzes, SP. No caminho o sufoco foi grande. Eu ouvia vozes e sabia que não era do Eduardo; o meu motorista dirigia em silêncio. Todavia algo estranho acontecia, como se estivesse mais uma pessoa comigo, falava normalmente, porém baixo, sua fala me trazia conforto, comecei a conversar, a dialogar com essas vozes. Tudo ia bem até que o carro parou. O meu medo estava se justificando, quando deitei no porta-malas tinha medo de que a policia parasse o carro, foi o que aconteceu. Mas neste momento tive outro pensamento, imaginei que o Eduardo, de acordo com o Martins, estavam me sequestrando e iam me trocar de carro, pensamento absurdo, mas não podia descartar coisa alguma, já não acreditava em mais nada. No entanto, nada podia fazer a não ser aguardar o desfecho daquele momento. Cheguei a pensar que estivesse ficando louco.

- Senhor motorista, os documentos do carro e sua habilitação.

Foi nesse momento que notei que tínhamos sido parados realmente por policiais. Minha tortura aumentou, e se ele manda abrir o porta-malas, como fico?

- Está tudo certo, senhor Eduardo, pode seguir viagem.

Ufa! Ainda bem, só olhou os documentos. Pela primeira vez vi algo acontecer a meu favor.

Mogi das Cruzes não é longe de São Paulo, entretanto a viagem pareceu longa de mais, a demora em chegar sugeriu que eu estava indo para um lugar muito distante. Saímos do asfalto e entramos em estrada de terra, minhas costas já doíam muito. Após a saída da estrada pavimentava piorou, o carro passava em estrada de campo, aquelas pedrinhas davam muito atrito, piorava a situação, até que pela primeira vez eu ouvia a voz do Eduardo em direção a mim desde que saímos da capital. Ele teve compaixão e me perguntou se eu queria ir sentar.

-Não tem mais perigo?

- Não, já estamos distante, quase em casa.

Ele parou, tentei me levantar, não foi possível, estava entalado e não tinha força para sair dali, só consegui descer com a ajuda dele. Tive vontade de jogar a peruca no meio do mato, era qualquer coisa ridícula, só não fiz por intervenção dele, disse que poderia precisar novamente. Não me lembro de ter ficado tão aliviado por estar em pé, ficar em pé, aquilo foi tudo que eu precisava. Ficamos ali uns cinco minutos, ele olhava para mim e dizia.

- Roberto, não se deixe abalar. Conheço muitos casos tristes como o seu, a ingratidão do mundo é assim mesmo. Mas você precisa confiar na eficácia que há em você, deixar a força que você tem levá-lo a agir a seu favor, até então ela está agindo contra você, mas você pode mudar isto.

- Eu não compreendo o que fala, meu caro Eduardo, faria tudo para mudar este quadro.

- Se você fizer mesmo, pode confiar, sua história vai ser outra.

Entramos no carro e não demorou mais que dez minutos tínhamos chegado. Foi aí que tive curiosidade de perguntar em que cidade estava. Encontrava-me muito esgotado, mais mentalmente que fisicamente, apesar de não ter comido nada, não tinha fome. Fiquei um pouco mais abalado quando ele disse o nome naquela cidade, pois ali, nesta cidade, meu amigo Gilberto foi encontrado quando fora sequestrado. A polícia invadiu o cativeiro, duas mortes foi o saldo, o sítio não era o mesmo, mas a lembrança veio fortemente. O local que fui levado era afastado do centro, um sítio, uma confortável casa, semelhante a um clube particular. Neste local passei a angustia do pensamento tumultuado, se é que podemos chamar de pensamento aquilo que não nos lembramos segundo depois. Falava sozinho caminhando no gramado de um pequeno campo no fundo da casa, ainda com a roupa de trabalho, porém descalço. Esta é a vantagem de horário de verão, já era dezenove e trinta, o sol ainda brilhava no horizonte, talvez por isto eu não tivesse dado conta de que o Martins estava atrasado. Mas, diante da situação que me encontrava, não tinha direito à reclamação; todavia, a possibilidade do sequestro ficou na minha mente. Fiquei naquele estado até que o Eduardo apareceu e insistiu comigo para que tomasse um café com ele, trazia consigo alguns pães de queijo. No fundo eu queria mesmo era tomar um banho, mas ao mesmo tempo não sabia se ia dormir ali, além disso, nem roupa tinha para trocar.

- Eduardo, você tem meio para se comunicar com o Martins?

- Ele já está a caminho, não se preocupe, você continua tenso, já está distante de to da aquela confusão

- Estou me sentindo sequestrado.

- Ainda bem que você se sente assim, você foi seqüestrado...

Minhas pernas tremeram, fiquei mudo, minha vontade era jogar o café na cara dele. Engoli o pedaço de pão que se encontrava na minha boca sem mastigar direito, tive que buscar autocontrole, não poderia entrar em pânico, tinha que agir como se não tivesse entendendo o que se passava, apenas ater no problema que tinha me levado ali.

- Realmente, eu já aceitei a situação Eduardo, ficar aqui é como estar no paraíso. Mas responda uma coisa, não tem nada haver com assunto do momento, entretanto pensei em alguém, por isso preciso saber: vocês só fazem aquela reunião às sextas-feiras?

- Não, eu não sei. Eu não frequento aquele tipo de espiritismo, mas sei que hoje vai haver, já o Martins chega para nos levar. Vou deixar este carro aqui, vamos no que ele está vindo, tudo para evitar a imprensa. O Martins é muito conhecido, diante disso, estamos tendo toda precaução.

- É espinhoso o que estou passando, não fiz nada, mas sou fugitivo, Eduardo.

Eu ia além, só não comentava com ele, preferi esconder, mas a minha mente dizia "que estava sequestrado na espera de saber quanto seria o resgate" Eu me fazia de tolo, preferia me fazer de desentendido enquanto buscava uma saída.

Ainda tomava café quando o Martins chegou, trazia consigo o Sidnei. Encontrei-o uma vez, mas não me esqueci de sua fisionomia. Foi ele quem disse que eu precisava desenvolver meu caminho, que eu era uma pessoa iluminada para receber espírito - acho que foi isto que ele falou, não gostei dele, mas ao vê-lo hoje estou sentindo conforto.

- Martins, estou aflito.

- Calma homem, ainda não acabou, você precisa aguentar o tranco, "ainda tem mais bomba para estourar"

O que ele estava querendo dizer com bomba? Tive vontade de perguntar abertamen te se realmente eu estava sequestrado, mas me contive, preferia manter oculto este meu desconfiar, tinha que ser astuto.

- Martins, vou ser grato eternamente a você, seja lá o que me acontecer.

- Deixa disso... Sua ex-mulher apareceu lá na clínica, conversou separadamente com a Laura. Neste momento, o delegado chegou, ele mesmo levou uma intimação para o se-nhor depor na próxima quinta-feira, mas foi dada a notícia a ele que o senhor viajou, ele saiu muito brabo por não lhe encontrar. Entre outras coisas, não compreendi sua esposa. Ela, ao sair, me encarou como se estivesse querendo falar algo, mas seguiu adiante. Tam-bém me fiz de desentendido. Trouxe umas roupas que a Laura providenciou.

- Ela estava tensa, nem o conhece. Lúcia tem um coração bondoso, ela deveria estar cheia de raiva de mim, desejar o pior para mim, mas não; soube através dos jornais o acon-tecido. Tenho certeza, ela está procurando me ajudar, essas roupas, nem me lembrava, foi ela quem arranjou, pois a muito eu não via, nem sabia que ainda existiam, com certeza estavam na minha ex-casa.

- Roberto, você deve estar esgotado. Pegue as roupas, vai tomar um banho, tenta re laxar. O Eduardo vai embora, nos encontrará mais tarde.

Foi o que fiz. Antes do Eduardo partir, levou-me até o quarto. Coloquei as roupas na cama, agradeci e fui direto para o banheiro, mas não liguei o chuveiro, tentei escutar a conversa deles, o Martins veio ao encontro dele. Não queria acreditar que eles aproveita-ram a situação para me sequestrar, mas também não descartava a ideia. Contudo não ouvia nada, foram conversar distante, próximo do carro que nos trouxe. O Eduardo já estava de partida, acho mesmo que não conversaram sobre nada, não tiveram tempo.

Ao tomar um longo banho, tive fome e já sentia-me bem melhor. Pensei em ligar pa ra a Laura, aí me dei conta que não trouxera nenhum telefone. Realmente se estiver se-questrado, nem socorro posso pedir, onde estou não vejo ninguém, agora à noite observo como estou bem escondido. Tento encontrar um facho de luz a distante, não vejo nada, nem uma casa consigo avistar. Pedir socorro será impossível, é em vão pensar em tal tentativa. Resolvi parar de pensar, fui ao encontro do Martins e do Sidnei.

- Senhores, estou recuperado. Preciso sair para jantar, voltar para casa.

- Homem, depois deste sacrifício todo, você quer voltar para casa?

- Martins, qual o motivo para eu fugir? Estive pensando, meu nome já está na boca do lixo, o melhor que tenho a fazer é isto. Afinal, eu não fiz nada que pudesse me condenar, só esse tipo de impressa, como sempre, insaciável por notícia, continuará atrás de mim, mas posso marcar uma entrevista coletiva e esclarecer os fatos

- Deixa disso. Chegando lá, aquele delegado logo vai querer lhe interrogar, isto se não pedir sua prisão preventiva. Enquanto você estiver nos jornais é bom não ter contato com a justiça, uma vez que os jornais condenam perante a opinião publica antecipadamente.Você já viu alguma manchete de jornais ou notícia em destaque na imprensa dizendo que fulano não é culpado ou algo semelhante? Não, você nunca viu na imprensa escrita ou na falada. Portanto, você deve seguir meu plano. Você coloca a peruca e o bigode que eu trouxe, sairemos para jantar, depois vamos lá na reunião, no mesmo lugar que fomos na sexta passada, certo? Será uma reunião de estudo, é bom que fique conhecendo um pouco mais, depois voltaremos e dormiremos aqui. Amanhã o Eduardo voltará, aí sim, pensaremos o que fazer.

- Roberto, nós só queremos ajudá-lo. Deixe passar hoje; amanhã, se pensa melhor.

- Mas Sidnei, eu não fiz nada.

- Nós e as pessoas que lhe conhecem sabemos, mas existem uma porção de gente que está sendo informada equivocadamente. Dê um tempo, amanhã ou depois de amanhã você aparece e se explica.

Aceitei a sugestão deles. Pelo que falaram não estou sequestrado, porém quem falou de modo que me levou a pensar assim foi o Sidnei, ele me sugeria gentilmente; a fala do Martins me dava a entender diferente, e quando o Sidnei falava ele permanecia estranhamente quieto, modo este que não sei explicar, aí que está a incógnita, por quê? Com esta indagação e muita dor de cabeça me afastei, fui olhar um quadro na parede, tentar buscar domínio. Neste quadro tinha um trabalho com espelho, a pessoa se via como se fizesse parte da obra. Quando notei minha figura, confesso que me assustei, parecia realmente uma figura que eu não conhecia, porém tive que aceitar, era eu, estava ridículo, aquela peruca e aquele bigode falso era o retrato da minha vida naquele momento, tudo era falso. Nesta hora me dei conta: eu tinha perdido o controle sobre minha vida. Mais de um pensamento causava confusão na minha cabeça, não sabia o caminho seguir; além disso, sentia-me na obrigação de executar o que Martins falava. Realmente tinha deixado de viver, bateu um desespero, mas o que fazer diante daquela situação? Comecei a aceitar a vida deste modo.

Capítulo XIV

Destroços camuflados

Martins colocou a mão no meu ombro e me conduziu até o carro, fomos até uma cantina. Ao sentarmos, o prato foi servido imediatamente, já estava escolhido e aprontado, não me importei, até me fez bem, uma vez que a fome era demais. No caminho da tal reunião, o Sidnei foi dialogando comigo, levava-me a pensar na possibilidade de adentrar de vez em seu mundo espiritual - eu já estava nele e não sabia.

- Doutor Roberto, sei que o senhor é homem de posses, financeiramente não tem NE cessidade, no entanto está vivendo um momento atribulado. O dinheiro traz posição, mas não mostra a resposta, tudo o que está vivendo é porque os espíritos não estão sendo atendidos. Tenho experiência nisso, sei o que estou falando, quero muito ser seu orientador; para nós, orientador é uma espécie de pai, é aquele que vai cuidar da sua iniciação, que vai impedir os abusos de espíritos mentirosos. Eu já atingir um certo status, tenho o controle sobre isso, posso ajudá-lo. Você vai aos poucos se abrindo, tudo vai acontecer naturalmente, pode acreditar em mim.

- Meu amigo Sidnei, não tenho cabeça para pensar nisso.

- Você não tem outro caminho a seguir, o que lhe falo é a solução; ou você prefere continuar assim? Você não tem cabeça porque está atormentado.

- Confesso-lhe, tenho medo.Acho até que aceito, se este realmente é o meu destino tenho que aceitá-lo, não é?

Admitir aquilo me deixou zonzo, não vi mais nada. Só me encontrei novamente nu
ma sala com treze homens de branco, incluindo o Sidnei, ao meu redor. Era uma roda de
les, eu me encontrava no meio, estava meio lento, sentia que algo tinha me acontecido. De
repente estava rindo e recebia abraços deles. Mas no carro uma sensação de tristeza pro
funda se apossou de mim. Verdadeiramente não sentia mais dor de cabeça, entretanto mi
nha vida estava mais triste, não havia mais esperança, minha vontade de viver tinha se es
gotado, cheguei a comentar este assunto com o Sidnei, sua resposta foi vaga.

- Meu caro, é que você está sob efeito da sua primeira sessão, logo isto passa.

Antes de irmos para a chácara, fomos até Suzano, uma cidade muito próxima de
Mogi das Cruzes, levar o Sidnei para sua casa. Quando ele desceu, senti insegurança, tive
medo, realmente tinha colocado minhas esperanças nele. Ele me abraçou fortemente,
quando olhei nos seus olhos me arrepiei todo, não o reconheci, novamente me abraçou e
falou baixo:

- Você agora pertence a minha comunidade, não adianta fugir mais.

Sua frase sou forte no interior de minha alma, senti-me mais uma vez prisioneiro,
mas não me choquei, estava seguindo o meu destino.

- Martins, não o deixe só. Qualquer desvirtuamento que ele tiver me ligue rápida
mente. Ainda preciso cuidar muito dele para que possa andar com segurança, ele é inician
te, suas lembranças podem atrapalhar o novo caminho.

Escutei tudo que ele falou para o Martins, não compreendi nada, também não procu
rei saber, porém senti sua preocupação por mim. Depois disso, seguimos viagem de volta
ao sítio onde me hospedava.

A noite era escura, o céu parecia triste, nem uma estrela eu consegui ver, apesar do
lugar onde eu estava oferecer todas as condições para observar como a noite é iluminada.
Nós que moramos em cidade grande é que não notamos sua beleza, pois as iluminações
artificiais impedem de ver a beleza natural. Enquanto admirava a noite, observava ao
mesmo tempo o silêncio do Martins, de Suzano até aqui ele não falou quase nada. O seu
comentário mais longo foi quando disse que estava pensando em ir para a Argentina, tinha
recebido uma proposta de trabalho daquele país. Eu estava muito cansado, queria logo ir
para meu quarto, antes precisava saber até quando íamos ficar ali.

- Martins, seu projeto para eu ficar aqui é só hoje, não é?

- Amanhã o Eduardo estará aqui, aí se resolve tudo. Ele trará notícias de como an dam as coisas por lá.

Não pensava mais em soluções, achava apenas que as circunstâncias se mostravam de modo estranho, acredito mesmo que ficara conformado com tudo o que estava se passando. Já era mais que uma hora da manhã, não tinha mais o que conversar. A saída foi me despedir e ir para o quarto, deitei e não vi mais nada. Mas tive fortes pesadelos madrugada adentro, dentre eles, um faço questão de relatar, pois me fez acordar suado, apesar da noite fria: "Uma luta se travava. Eu era o causador da discórdia, duas mulheres me mandavam acordar, me pôr de pé. Eu gritava, o estranho que não era eu, mas o grito saía de mim 'tire elas daqui, são traidoras'... Enquanto isto, uma força me enforcava". Dei um pulo da cama, acordei molhado de tanto que tinha suado. Desde modo, não consegui dormir mais, comecei a pensar na noite passada, naquele mundo que tinha acabado de entrar, não cheguei à conclusão nenhuma, as coisas ainda estavam muito confusas. Lembrei da oração do pai nosso, comecei a orá-la, vozes passei a ouvir: "você está guardado... "Não seja tolo". Assustei-me. Deitei e me cobri dos pés à cabeça, estava com muito medo sem saber do quê; Só acordei com alguém batendo na porta, foi um desespero. Todavia não respondi, me deixaram em paz. A partir daí passei a observar mais atentamente o que se passava em volta. Já havia a luz do sol entrando pelas frestas da janela, aí descobri,quem bateu na porta foi o Martins, preferi continuar quieto, o que fiz acertadamente. Desse jeito escutei claramente o diálogo do Martins com o Eduardo.

- Eduardo, eu já vou. Ele dorme que nem uma pedra. Aja com total cautela, ele não pode nem desconfiar do nosso interesse em tê-lo distante da sua rotina. Disse-lhe que estaria indo para a Argentina, ele não vai me procurar quando você confirmar minha ida

- Você acha que devo mostrar a ele os jornais que trouxe?

- Claro, assim ele vai confiar mais em você e saber realmente que a impressa é confusa. Esta foi a intenção de fazer chegar até os jornalistas informações desencontradas, a maioria não checam nada, o que eles mais gostam é furo de notícias.

- Dessas coisas você conhece melhor que eu. Acho que é isto mesmo, mas todo meio há exceção, não é? Bom, vamos ao que interessa. O Sidnei, como está nesta história?

- Não sabe. Darei a notícia que o Roberto sumiu, assim ele se afasta totalmente; vai ficar um pouco preocupado, mas deixa assim. Agora tenho que ir, nos falamos através do número que lhe passei, dê meus cumprimentos a ele. Diga que tentei acordá-lo para me despedir, mas ele dormia e preferi deixá-lo descansar.

De maneira especial estavam armando algo grosso para cima de mim, e o Sidnei não sabia. Mas que estranho! O Martins se mostra tão amigo dele. Que interesse era este de me manter longe de minha rotina? Esta foi a pergunta que se instalou em mim. Por que disse que ia para a Argentina? Parece que não vai. É uma situação que preciso de autocontrole, passar que não sei de nada, ser convincente, não posso transparecer inquietação, mas estou, muito mais que quando aqui cheguei. Ter habilidade para não perder a cabeça será o ponto central, estou lidando com bandidos, na verdade, lobos de todos os lados disfarçados de cordeiros.

- Bom dia, Eduardo. O Martins está preparando o café?

- Não, Roberto, foi embora, tinha compromisso. Deixou um forte abraço para você, se ele não for para a Argentina amanhã, virá para cá. Trouxe uma amiga, ela está preparando o café.

- E aí, como estão as coisas por lá?

- Não está nada bom. Veja os jornais, estão na mesa.

- Não compreendi, um jornal diz que fui sequestrado, mas não fala de resgate; outro diz que fugi; e ainda um estampa apenas que sou a peça chave da investigação. Afinal, quem fala a verdade?

- Imprensa é isso, amigo. A maioria não ganha dinheiro por causa da informação, porém faz a informação dar dinheiro.

- O pior de tudo é esta matéria que fala sobre o programa que eu fazia. Ser despedido dessa maneira é triste, esperava que não haveria mais o programa, mas nunca imaginei que aquele pessoal fosse agir deste modo.

Eu já esperava não voltar ao ar com programa, mas acreditava que o pessoal da direção da TV tivesse um pouco de paciência, tentasse me escutar, podia mesmo tirar o programa do ar, mas do jeito que foi feito, minha imagem ficou mais denegrida ainda. É a vida que estou vivendo, como o Martins falou, "muita bomba ainda vai explodir". Tenho que ficar na minha e aceitar o meu destino. Uma tristeza imensa era o que sentia, parecia que um pedaço de mim tinha sido extraído. Mais uma vez tive vontade de sair andando mundo afora na tentativa de nada encontrar, internar-me numa clínica de louco também via como opção, menos ficar daquela acomodação. Enquanto lia os jornais e pensava nessas coisas, Eduardo se aproximou de mim juntamente com aquela que dizia ser sua amiga, fiquei surpreso, ela me conhecia.

- Roberto, esta é a Betina. Veio nos buscar para o café.

- Prazer Betina, tudo bem?

- Doutor Roberto, não sabia que era o senhor o nosso convidado. Assisti muito o seu programa, eles foram úteis, inclusive minha filha recebeu do senhor um conselho o qual ela seguiu na íntegra, só por isso ela acha que seu útero foi preservado, assim afirmou o novo médico. Ela se tratava com um, o senhor disse que ela deveria procurar ouvir outro colega, assim ela fez. Este médico mudou o tratamento, ela está ótima, já planejando ter seu primeiro filho.

- Que bom ouvir isto. A senhora tem acompanhado o noticiário?

- Sim, mas não acredito em tudo o que se fala nos jornais, sou muito crítica.

- Para sua correta informação, dona Betina, o máximo que fiz foi namorar alguém que trabalhava em um banco e está sendo acusada de ser uma das mentoras dos assaltos ocorridos naquela instituição financeira. Vir para cá também não foi projeto meu, é coisa do Martins e do Eduardo

- Eu sei, eles já me contaram. Vamos tomar o café, você já sai desta situação, pode acreditar.

O Eduardo ouvia calado minha conversa com a dona Betina, parecia preocupado, e assim seguiu para tomar o café. Não tinha ainda entrado na sala de refeições, dona Betina realmente preparou uma mesa farta e bonita. Logo após o café, Eduardo lembrou a dona Betina que o corretor estava trazendo um potencial comprador para olhar o imóvel hoje, às dez horas, e já eram nove e quarenta. Só aí descobri que a casa era dele. Por curiosidade, perguntei-lhe quanto estava querendo pela chácara, ele enrolou e não disse, preferi não insistir. Foi nesta minha pausa que no portão alguém tocou o interfone, era o falado corretor. O Eduardo se mostrou preocupado comigo.

- Doutor Roberto, seria melhor colocar o bigode e a peruca. O senhor é um homem muito conhecido, assim que eles forem embora nós também vamos. Acho que já está na hora de encarar os fatos lá fora. Sei que não vai ser fácil, mas vai conseguir, acho que esses dias aqui o fortaleceram. Não esqueça, o Sidnei quer vê-lo novamente antes do senhor voltar à rotina

- Estou ansioso para sair. Por mim teria voltado antes, passaremos lá então, ok?

Minha cabeça deu um nó. Eu não estava esperando ouvir isso. Muito pelo contrário, diante do que acabei de escutar, um alívio tomou conta de mim, fez-me acreditar que tinha pensado demais, imaginei que havia compreendido tudo errado, foi um alivio para o ódio que eu nutria contra o Martins, fiquei com vergonha. Conclui que o sujeito estava preocupado comigo, eu pensara tudo errado a respeito dele. No entanto, era compreensível, pois passava um momento muito turbulento, achei que não deveria me condenar por isto. Antes de qualquer coisa, fui até o quarto e coloquei aquela peruca grotesca e o detestável bigode, assim me tornei ridículo para evitar ser reconhecido. No entanto, a alegria que estava sentindo não me deixava aborrecido. Desde que comecei viver este inferno, esta foi a primeira vez que senti felicidade.

Capítulo XV

Não há fatalidade

Os homens chegaram bem mais que dez horas; eram três, dois ficaram na área de La zer, um deles tinha na mão um binóculo, outro saiu com o Eduardo. Tudo até então parecia normal, mas comecei a ficar intrigado, passaram-se mais de três horas e eles não apareceram. Betina já tinha cuidado do almoço, e eu buscava compreender o porquê da demora. Os dois sujeitos caminhavam como se entendesse tudo. Uma voz sussurrou no meu ouvido "não tem mais jeito, se mata logo". Dei um grito, não foi suficiente; imagens, vultos, coisa muito estranha puxava conversa comigo, o medo tomou conta de mim. Mesmo assim, saí caminhando, segui a direção que o Eduardo e o visitante foram. Cheguei à divisa do terreno, avistei uma casa que parecia abandonada, pelo visto não estavam lá. Sem resposta, a solução foi voltar. À distancia, enxerguei a Betina servindo o almoço aos dois que ficaram na área de lazer, os três conversavam, uma conversa nada cordial, porém parecia que se conheciam. Achei que estava ficando louco, preferi deixar prá lá. Ela, ao me ver, veio ao meu encontro, preferi não lhe fazer perguntas a este respeito.

- Doutor Roberto, estava lhe procurando.

- Betina, o Eduardo sumiu com o visitante, você sabe o que está havendo?

- É longo...

Ela falou bem baixinho, quase não escutei

-Mais tarde lhe conto... Vamos almoçar.

- Não tenho fome, prefiro deitar um pouco.

Eu estava com aquele disfarce todo e ela falou meu nome abertamente. Os dois nem ligaram,, tive a sensação que eles já sabiam quem eu era, mesmo assim continuei com a-quele troço. Minha barba já estava cinco dias por fazer, meu cabelo, bem antes de entrar neste tormento, já estava grande, naturalmente eu me apresentava com aparência diferente do meu normal, porém aquela peruca loira me deixava realmente irreconhecível, mais para ridículo.

- Betina, o que você sabe.

- Lamento em ter que lhe dizer, você não irá embora agora... Fique tranquilo, já to mei uma decisão, vou ajudá-lo, mas disfarça, continue agindo como se fosse hóspede do senhor Eduardo.

Logo que ela me falou tal coisa, apressou os passos e me deixou para trás. Sua men sagem era clara - não posso me comprometer, tenha paciência.

Segui em direção ao quarto, a voz soprou no meu ouvido "a morte é o melhor caminho a seguir". Aquilo me fez despertar neste sentido, passei a achar que poderia ser mesmo o melhor caminho, minha vida já tinha perdido o sentido. Porém isto me fez lembrar um li-vro, lá está escrito:

"A vida não tem sentido,

O sentido é cada um quem dá.

Na vida chegamos sem nada,

E dela ainda levamos a roupa.

...Somos desonestos!!!

Por que o nascimento?

Se a morte vai chegar.

O nascimento alguém espera,

A morte ninguém espera.

Por este paradoxo,

Que me pergunto agora,

Qual o sentido da vida?

A morte não avisa,

Mas começa matando

No dia do nascimento,

Se nascer tem que morrer,

Será esta uma sentença?

Então por que nascemos?

Era terrível, mas esta conclusão se apossou de mim, tinha chegado o meu fim. Mas eu não queria morrer sem ver meus filhos e aquela que tanto teve cuidado de mim, quem realmente me fez feliz. Peguei um papel e comecei a escrever uma carta, *"Lúcia, onde estará você? Não sei o que aconteceu comigo, saí em busca da felicidade, encontrei alegria e também muita tristeza. Quando vivia com você eu tinha muita alegria, às vezes apenas discordância, mas nunca infelicidade. Hoje não tenho meus filhos, na verdade, não tenho um pouco de alegria há muito tempo, quando penso que vou ter, é mentira. Saí na busca da tal felicidade, mas encontrei realmente o que é infelicidade... Uma vida sem rumo e sem diálogo, com ninguém me querendo bem. Às vezes algumas assombrações me aparecem, são vultos que até já me acostumei, eles não me assustam, mas sinto que estão me levando para o fundo do poço, não, no fundo já cheguei, sou levado para local que não vejo. A minha mente acho que não a comando como antes. Encontre-me por favor, antes que eu deixe de existir .."*.

Betina bateu à porta. Guardei rápido o que escrevia, já eram dezoito horas; trouxe-me um suco, um misto quente e um sorvete de creme. Disse que era necessário que eu me alimentasse, pois mais tarde eu precisaria de energia. Falou e saiu ligeiramente, parecia que se esquivava de conversa.

Deixei o que escrevia para concluir mais tarde, entrei embaixo do chuveiro. Dali saí depois de muito tempo, acho que foi o banho mais longo que já tomei. De roupa trocada - era a última peça que se encontrava limpa, resolvi dar uma volta. Fui caminhando em direção ao campo de futebol, lá na piscina estavam os dois - eu já tinha chegado à conclusão que eles ficaram para vigiar meus passos - divertiam-se com uma garrafa de uísque, a qual já se mostrava abaixo do meio. Aproximei-me, tive muita vontade de tomar também, o que tentei fazer, mas eles me ignoraram, pegaram a garrafa e se retiraram. Falei um palavrão, um olhou para trás, mas não disse nada. Sentei e fiquei observando o por do sol; senti que alguém tinha sentado comigo, mas eu não o via. Tomei coragem e disse: "Invisível, eu não vou falar com você – na verdade eu estava morrendo de medo. Nesse incômodo, retive-me ali imóvel por muito tempo, nem observei a noite chegar, quanto mais escuro ficava, meu medo aumentava, talvez por isso não me levantava. Meu alívio chegou quando Betina me chamou para jantar, claro que eu não estava com fome, porém saí correndo em direção a ela, disse que estava morrendo de fome, era meu disfarce para não demonstrar o medo. Assim caminhamos para o local que ela normalmente serve. Ela me deixou só, disse que já voltava. Saiu para o quintal, na volta, disse que os dois já dormiam profundamente. Acho que a bebida os levou ao sono. Depois de mais uma verificação Betina começou a relatar o que se passava e seu arrependimento.

- Doutor Roberto, não se abale, mas agora chegou a sua vez de fazer algo por você. Estou aqui porque estou desempregada e o Eduardo me propôs este negócio, era para eu ficar aqui até ele receber um dinheiro. Disse que me daria três mil reais, estou arrependida. Hoje, quando via a televisão, um homem falou algo que me abalou profundamente, ele disse: *"Judas traiu Jesus, Pedro negou Jesus na hora da dor, e você, onde está traindo Jesus? É certo vender ou distorcer os ensinamentos de Cristo? Claro que não, mas tem gente que faz isto sem o mínimo de temor, tiram vantagens ou qualquer outra coisa. Ainda há aqueles que confundem filantropia com amor e fazem isto imaginando conseguir juízo melhor depois que esta vida deixar. Se você está fazendo isto, você está na igreja da hipocrisia, você faz parte da igreja falsa, aquela que diz ser, mas não é, você é joio crescendo no meio do trigo. No dia final, você poderá até dizer para o Senhor da vida: 'Senhor, eu expulsei demônios em Seu nome, ensinei em Seu nome, curei enfermo em Seu nome', mas Ele vai te dizer, afastai de mim, vós que praticai a iniquidade"*. Sei que o senhor tem vi-

vido dias amargos, porém agora terá que ser valente. Trouxe esta sacola com alimentos, os homens estão dormindo e vão demorar a acordar, é o momento do senhor sair. Vá depressa, mas não chame a policia, sua família pode correr risco.

-Disso eu já sabia, sei que estava sendo usado, mas dinheiro será muito difícil eles tirarem, principalmente se for quantia grande. Muito obrigado, nunca vou me esquecer de você...

Estava tonto, caminhei em direção ao quarto, fui pegar minha carteira com meus documentos, não tive tempo de procurar melhor, mas certamente não teria achado; com certeza alguém os pegou, era mais uma maneira de me reter ali. Mas não teve jeito, pus-me a andar, só com a roupa do corpo, caminhei sentido à serra da cidade de Bertioga. No primeiro posto de gasolina eu já estava muito cansado, mas caminhei mais um pouco; antes, porém, fui ao banheiro, só aí notei que não tinha tirado a peruca e o bigode, já estava acostumado, preferi ficar com eles, evitaria alguém me reconhecer. Tinha uma banca de jornal e um orelhão, caminhei até o orelhão, cheguei a pegar o telefone, também foi em vão, eu não sabia o número de ninguém, ficaram todos guardados na memória dos meus celulares, os quais tinham ficado para trás. Na banca de jornal, uma manchete me espantava: "Diretor de TV é detido por suspeita de sequestrar apresentador, outros são procurados". Quis comprar o jornal, a manchete trazia a foto do Martins, mas eu não tinha dinheiro nem para tomar um café. Sentia o avesso da vida que sempre levei, no entanto, não tinha mais o que lamentar, viver assim era o meu destino. A prisão do Martins e a procura pelos outros suspeitos não me trouxeram tranquilidade; pelo contrário, eu temi, achei que haveria uma caçada sobre a minha vida pelos comparsas do Martins, preferi dar tempo ao tempo.

Era noite fria. Caminhei mais um pouco e cheguei a um outro posto de gasolina com uma lanchonete ao fundo. Ali tentei pegar uma carona, insisti, foram inúteis todas as tentativas. Tive vontade de dizer quem eu era, mas uma voz me dizia "ninguém vai acreditar em você, se assim fizer, a coisa vai piorar". Novamente fui ao banheiro, um banheiro sem quase nenhuma higiene, estava aflito, imaginava os dois que me vigiavam na casa que me encontrava vindo atrás de mim e me descobrir. Deste modo não conseguia decidir o que fazer, ir até Bertioga seria uma viagem muito longa a pé. Quando estava para sair do banheiro, imaginei que a sorte sorriu para mim, do lado da porta encontrei dez reais, sem nenhum pudor peguei e guardei, ficara muito feliz com aquele dinheiro. Aproveitei o descuido de um motorista e me escondi no fundo da carroceria de um caminhão com a placa de Cubatão. Enquanto o caminhão descia a serra, eu tentava me esconder do frio, era intenso, tive que aguentar firme; nada encontrei para me cobrir, a viagem durou uma "eternidade". O local onde o caminhão parou era horrível, eu estava me sentindo congelado. Desci apressadamente sem que o motorista notasse que foi ele quem me transportara até ali. O homem do bar, o qual o motorista se mostrava familiarizado, fritava linguiça na chapa, o cheiro estava ótimo, mas meus olhos se inclinaram a uma embalagem redondinha de plástico com cachaça. Comprei, abri com o dente, dei longas goladas e comecei a caminhar sem destino. Lembro claramente um dos que estavam no bar dizer: " com este frio só cachaça, comida é luxo, né amigo?".

Depois de longa caminhada cheguei à entrada de Guarujá, local que frenquentava, mas preferi seguir adiante. Não vi a noite passar, acordei com uma senhora colocando ao meu lado um copo de plástico com café com leite e um pão enrolado em um guardanapo, foi o melhor café da manhã que já tomei, ficara muito feliz, meu ânimo foi refeito. Estava embaixo da uma marquise de um prédio em frente à saída das balsas. Pensei em ir para Santos, lá eu conhecia muita gente, mas algo me convencia a viver esta nova vida, andar sem destino era o meu destino e assim procurei seguir.

Dormia na praça, ora estava em Santos ora em São Vicente. A felicidade me chegava sempre através de um prato de comida que pessoas bondosas de um daqueles restaurantes, às vezes, me conseguiam. Dificilmente eu ficava sem comida, mas teve dias que faltou, o que nunca me faltou foi cachaça, pois sempre eu conseguia um dinheirinho e nela gastava, comida eu nunca comprei, o dinheiro não dava. Teve um dia que levei um susto imenso, alguém me encarava sem disfarce e comentava:

- Aquele sujeito não é o Dr. Roberto, aquele seu amigo, olha seu estado.

- Não Juvenal, claro que não, ele está sequestrado; além de que, eu conheço bem o Roberto e ele me conhece...

Que susto!Disfarcei e saí rápido em direção ao centro. No caminho, parei na porta de uma igreja evangélica; as pessoas saiam, pareciam felizes, arrecadei quatorze reais de esmolas, eu também ficara feliz, pois naquele momento eu me sentia rico. Segui em frente, encontrei com pessoas que viviam como eu nas ruas do cais do porto. Antes de me juntar a elas, comprei uma garrafa de cachaça e a levei comigo, o Alberto veio falar comigo.

- Onde você fica?

- Fico por aí...

- Fica agora aqui também com a gente, Aparecido.

Dei-lhe de presente a garrafa de cachaça, mas arranjei uma confusão. O Mauro e o Alexandre quiseram bater nele, pensei que acharam que tinha me roubado, mas apenas queriam a sua parte, tive que interferir para evitar confusão maior.

- Calma aí, trouxe a garrafa para todos nós.

- É isso mesmo, ele me deu, mas é pra nós.

Tudo ficou bem, passei a fazer parte daquela comunidade, era a felicidade?

Capítulo XVI

Quem busca acha

Éramos quatro. Com o passar dos dias, notei que éramos uma família, claro que há via muita discórdia, e geralmente a discórdia nascia quando alguém conseguia algo e não dava ao outro. Não havia a obrigação de dividir, mas havia a necessidade de viver, desse modo a coisa era repartida; isso não quer dizer que era em partes iguais, mas o suficiente para satisfazer as aspirações. Contudo, não se almejava o futuro, não havia planos, porém todos nós estávamos em busca da felicidade, a felicidade para nós estava no prazer de conseguir mais uma garrafa de aguardente ou algo para comer. Sendo que tudo acaba, deste modo, a infelicidade chegava e nos deixava amuados, até que alguém conseguia um pouco mais de felicidade para nós. E assim íamos vivendo como vive todo ser que está no mundo, porque todos acham que felicidade é quando se consegue aquilo que quer.

Ao meu lado, parecia que alguém caminhava comigo, era como se tomasse conta de mim, até me incentivava a seguir na união com aqueles que agora se tornaram meus amigos, chegava a me garantir que viver assim é o melhor da vida, era uma vida sem porquê, era o viver o nada, não se planeja, toda ação vem da necessidade. Este, que eu nunca identifiquei, disse-me mais de uma vez que o suicídio também era uma solução. Eu conversava como se visse a tal pessoa, não era coisa da mente; exemplos de fatos passados dentro do assunto em pauta era eram citado, coisas que eu nunca soube, certa vez nosso diálogo foi assim:

— Tem gente que opina em tirar a vida antes que a morte chegue, e esta é uma solução para quando estamos desiludidos; se você assim se encontrar, é o melhor a fazer.

— já não estou mais desiludido, só espero o momento de me reerguer, mas já me acostumei com esta vida (no fundo, eu nunca mais pensei em mudar de vida).

Neste instante, ouvi uma gargalhada e logo um silêncio aconteceu; no minuto seguinte, um zunido se instalou nos meus ouvidos e não saiu mais. Isto não me trouxe desconforto. Eu e meus amigos não víamos o que era ruim, a não ser a dor da fome e a falta de uma bebida forte.

Entre nós não havia reclamação da vida, o que vivíamos era o definitivo, não avistávamos algo além daquilo, só o instinto de sobrevivência perdurava em nós. Não havia infelicidade fora do contexto da fome e da falta da cachaça. Talvez por isso não conhecêssemos a vaidade, a nossa vaidade era acordar, apesar de nunca ver o sono chegar. Noite e dia eram identificados apenas pelas luzes da cidade, não existia tempo e hora, somente o momento. Ninguém buscava o sono e raramente alguém dormia, quando isso acontecia, ríamos de quem assim se comportava. Andar era nosso destino, sentar apenas para descansar os pés e, às vezes, para beber e muito raramente para comer.

Na minha mente já não existia passado, tudo tinha se apagado, o presente era o tudo. Meu nome era Aparecido, batismo que recebi do Alberto, todos assim me chamavam, vivia na certeza de que este realmente era o meu nome, já não imaginava com outro. Até que alguém veio ao meu encontro e me chamou de doutor Roberto. Mauro riu e disse:

— É Aparecido, seu burro. Este é o nome dele... Aparecido

— Não, ele é meu cunhado, minha irmã anda a procura dele. Vem comigo...

Neste momento, senti uma voz me chamado atrás de uma banca de jornal, era o Alberto, tinha em suas mãos duas pequenas garrafas de cachaça. Entregou-me uma, saímos andando. Minha mente parecia inerte, só foi despertada quando o Mauro chegou me chamando de doutor, lembrei tão somente do diálogo do Mauro com o rapaz. Achei que aquela história tinha ganhado o fim, mas de longe percebi o rapaz nos olhando. Não gostei disso, no início achei que era o pessoal da prefeitura querendo nos afastar do local turístico, mas a insistência do rapaz em nos seguir me levou a ter outro pensamento "imaginei que ele queria fazer parte de nossa turma". Mas estávamos tão bem nós quatro, não queríamos mais ninguém entre nós, chamei a turma para continuar andando. Depois de muita observação, percebi que ele tinha desaparecido. Diante disso, seguimos em frente para algum lugar de sempre. Passamos pela praça antes de ganhar a direção, ali um povo evangélico cantava. Paramos para assistir, um sujeito nos deu um papel, estava escrito "Jesus pagou o preço, você já está liberto" e outras coisas belas falando de libertação que estava escrito. Mas nenhum de nós achava que vivia preso, portanto, foi inócuo, era uma mensagem que não queria dizer nada para nós. Alguém dentre eles me olhava de longe como querendo me dizer algo, tive vontade de ir até ele, porém o Alberto me pegou pelo braço puxando até onde estava o Alexandre, que se encontrava juntamente com o Mauro, assim continuamos andando.

Estávamos deitados embaixo da marquise de um prédio abandonado em uma das Ruas do cais do porto quando um carro parou. Tudo, por um segundo, se abriu na minha mente. Era o meu cunhado, o Jurandir, e a Lúcia. Fiquei imóvel, mas logo depois toda lembrança se apagou, já não os conhecia, via meus amigos se levantarem e saíram andando rápido, uma voz me dizia: segue-os, são seus amigos. Mas eu não conseguia me levantar, o desejo da sair com eles era imenso, no entanto não conseguia . Parecia que uma força tentava me puxar para que eu levantasse e saísse, mas uma outra não deixava. Eu era personagem daquela história, porém não tinha alento para tomar qualquer decisão, nem mesmo sabia o que estava acontecendo. Aquela mulher, destemida, ciente da situação, se aproximou, disse algo próximo do meu ouvido. Um diálogo aconteceu:

-Não, ele não lhe pertence.

- Pode até ser demônio, mas você não tem direito sobre ele. Sai dele em nome de Jesus Cristo. Todos vocês já foram derrotados na cruz do Calvário, naquela cruz não existia um homem morrendo, existia algo além disso. No mundo espiritual existia uma outra guerra e vocês pensaram que tudo tinha acabado, mas Ele desceu até o fim, pagou o preço, o diabo perdeu, Jesus tem toda autoridade sobre vocês, e Ele me deu autoridade também sobre vocês, um novo testamento ele me entregou. Demônios que prendem o meu marido, hoje nos encontramos. Acabou!Já não sou como antes, minha fé cresceu, conheço agora a palavra de Deus, agora sei o que recebi em Jesus Cristo, tenho poder sobre todos vocês, e é em nome de Jesus Cristo que vou lhes dar uma ordenança: saiam todos vocês dele, não adianta fazer cara feia, esbugalhar os olhos, não temo mais vocês, estou mandando em nome de Jesus. Sumam dele e nunca mais voltem para este corpo!

- Lúcia, é você, Lúcia? Como estou horrível, o que aconteceu comigo? Sei que lhe procurei, é a única lembrança que tenho. Como estão nossos filhos?

- Tudo acabou, Roberto. É uma longa história, vamos ter muito tempo para falar. Nossos filhos estão bem. Roberto, meu querido, diga comigo: Jesus, eu te quero na minha vida, eu me arrependo de todos os meus atos, me conduza ao reino de Deus, pois sei que o Senhor é o Caminho, a Verdade e a Vida, quero te seguir por toda a vida.

A salvação do meu casamento era um detalhe, mas a salvação daquele homem era fundamental, assim como a sua, leitor.

"Porque Deus enviou o Seu filho ao mundo não para que condenasse o mundo, mas para que o mundo fosse salvo por ele. Quem crê nele não é condenado; mas quem não crê já está condenado, porquanto não crê no Unigênito filho de Deus. E a condenação é esta: que a luz veio ao mundo, e os homens amaram mais as trevas do que a luz, porque as suas obras eram más."

Crer não é saber, crer é caminhar com Ele, pois o diabo sabe e treme, visto que o nome de Jesus é sobre todas as coisas...

Jesus alertou a um grande entendido, um homem muito culto, inclusive muito religioso *"Errais não conhecendo as escrituras e o poder de Deus"*.

Contatos com o autor: mailto:basilio.livro@bol.com.br?subject=livros

Revisão: Ariadne Bomfim

Editoração Eletrônica: mailto:meire_adriana@hotmail.com?subject=arte final

Geração de EPUB: Editora Saraiva

9 786500 296723